特文学

科幻之光 5

科幻小说家作品

朱铁军 王建淳 主编

中国言实出版社

图书在版编目（CIP）数据

科幻之光 / 朱铁军，王建淳主编．-- 北京：
中国言实出版社，2021.2
（特文学）
ISBN 978-7-5171-3727-6

Ⅰ．①科… Ⅱ．①朱… ②王… Ⅲ．①中篇小说－
小说集－中国－当代②短篇小说－小说集－中国－当代
Ⅳ．① I247.7

中国版本图书馆 CIP 数据核字（2021）第 010287 号

出 版 人　王昕朋
责任编辑　张国旗
责任校对　王建玲

出版发行　中国言实出版社
地　址：北京市朝阳区北苑路 180 号加利大厦 5 号楼 105 室
邮　编：100101
编辑部：北京市海淀区花园路 6 号院 B 座 6 层
邮　编：100088
电　话：64924853（总编室）　64924716（发行部）
网　址：www.zgyscbs.cn
E-mail：zgyscbs@263.net

经　　销　新华书店
印　　刷　北京温林源印刷有限公司
版　　次　2021 年 9 月第 1 版　　2021 年 9 月第 1 次印刷
规　　格　880 毫米 ×1230 毫米　1/32　8.25 印张
字　　数　166 千字
定　　价　58.00 元　　　ISBN 978-7-5171-3727-6

目录

来自莫罗博士岛的奇迹

双目翅

一、抵达莫罗博士岛

无风带，莫罗博士岛的交接点。十年来，每位登上莫罗博士岛的人都需静候在此。已有五年无人接近莫罗博士岛了。每隔半年，联合国会将一艘驳船放在无风带，装满莫罗博士所需物资。隔天，蒙哥马利才抵达，将那驳船拖走。而这一切不再发生。人类的意识已进化至下一阶段。莫罗博士岛终于获得了它遗世独立的地位。我则成为最后一个登上莫罗博士岛的人。

我或许应听从约翰劝告，避免对莫罗产生过多好奇。我应老老实实休假，享受印尼海滩的阳光与树荫。但月光明亮的夜晚，明亮的海洋生物一批一批浮至浅海。游客无不为此屏息。他们难以克制本能冲动，踏入大海，浸入脚下繁星摇曳的液态宇宙。七十四岁的老向导拦下我。她是我专门找的本地人。她抬手指天空，说那里原有一颗四等星，一年前开始逐渐熄灭，它其实死了很久，只是光速太慢，最后的光彩刚刚触及地球。我问她，南太平洋的海洋生物是否都反射摄人心魄的光亮。老向导摇头，说几周前才有，每一种软体动物都变得像灯塔水母，每一类海洋生物都散发出深海的色泽。我内心在那一刻松动。海中浮标立着荧光牌，让大家尽可能远离自行发光的动物。

我查询内部资料，苏门答腊生物发光现象已有简要报告。约翰审阅，文件滞留在他那儿。卫星显示，发光带随莫罗博士岛的航行轨迹逐渐扩散。于是，第二天刚刚入夜，我再次拜访老向导，求她帮我弄艘土制原始木筏，可以漂洋过海，没有追踪设备。她知道我是中情局的。我解释自己只是学员，专业做情报分析，不干背地里的勾当，且在印尼没任务。她将信将疑，木筏终于离开细密沙滩，她才说，你理解反了，我们是已经熄灭的星星，意识的光亮则刚刚抵达人间。

我加紧速度，沿着光带深入海洋，来不及玩味她的话。当海啸遮住半个天空，我看见里面星星一般的动物并未挣扎。它们借着巨浪游动，像天空中集群飞翔的鸟，心有灵犀，透过水幔，看见我。

太阳出来时，我抱着支撑帆的横梁，意识到它短了半截。

我无法爬到上面，只有半截身子沉在海里。烈日很快沥干了我的手臂。我身子发烫。头皮的汗水和盐水似乎被烤吱吱作响。腰和腿都受了伤，快没有感觉，又仿佛已经泡烂。很长时间，我的皮肤才发觉风已消失。无风带将我包围。我已抵达了心中的目的地。模糊的视线望见镜子似的海平面。区分天地的直线有了轻微震动。震源来自一个明亮光点。我朦朦胧胧想，蒙哥马利的“维茵夫人”。

昏迷时候我并未完全失去知觉和意识。中情局的训练加重了思维杂乱的症候。我听见恒河猴尖锐鸣叫。胳膊愈发脱力。毛茸茸的动物巨掌及时将我捞起，甩向铺有毛毯的坚实地面。是熊掌。

梦中我还醒着，还记得与约翰讨论莫罗。约翰知道我的履历，好奇搞心理侧写和分析情报的家伙为何对动物感兴趣。他开玩笑说部门居然有激进的环保主义者。我咧嘴笑，我只是好奇莫罗博士的实验。他收敛表情。莫罗博士岛可是情报界的谜题。

约翰很久没离开兰利了。他几乎不去现场，统领情报分析十年，俨然成为办公室头目。他似乎懂得阿拉伯语系许多微妙的方言。你多少能猜出他的经历。但他不再进入黑暗的角落工作。从业三十年，他总结出一套学院派观点。潜入光明世界下的黑暗不一定能发现真相全貌，毕竟人的眼睛不是用来感受黑暗的。相反，仔细观察光学的明暗、色理、波动和不确定，却可以帮我们猜出看不见的逻辑。同他面对面交谈，你也能感到，他心灵的一块不在现场，而置身事外，能没有偏见地关注每个细节，偶尔满是忧郁，偶尔过度热情，但总能选择恰如其分的措辞与行为模式，如同米开朗基罗雕刻大卫。

人性艺术家。听起来能扼住诸神咽喉，提前促发启示录降临。但当我将莫罗的难题丢给约翰，他也捉襟见肘。我们拥有莫罗博士岛的所有公开情报。它像浮在南太平洋上的巨大绿色贝壳，而我们无法确定里面的珍珠是何种模样。约翰问我莫罗博士是否反人类。我摇头。莫罗充满公众亲和力，毫无社交障碍。他喜欢同心智相当的人交流，比如他的学生蒙哥马利。我们必须承认，很多人比他奇怪。

他曾声称当所有事物达到充分链接，人脑、网络与人工智能间不会出现统率一切的巨大独立意识，去奴役世界。他没点明会出现何种情况。他总是这样，看起来什么都说，每句话都闪烁其词。莫罗生于巴塞罗那，长于爱丁堡，实际是基辅人，二十五岁拿到计算神经学与神经解剖学博士双学位，三十岁建立脑机交互基本模型，随后放弃普林斯顿大学终身教职。他的模型难以证真或证伪。没有实验的正向结果，他绝不公开所有理论。这反加重了实际科研的难度。所幸，莫罗清楚自己不是爱因斯坦，没有爱丁顿为自己正名。正如二十世纪以降的优秀科学家，他懂得利用商业白手起家，建立帝国，不到十五年，他在生物界一手遮天。他想从动物实验开始，证明他的模型。欧美动物保护的文牍主义每每掣肘。其他国家无法提供稳定实验环境。莫罗便为自己造了一座岛。

我见过约翰长时间端详莫罗博士岛的全息图，好似审视艺术品。我记得他突然对我说，莫罗可能只反人类，但不反社会。

这并不矛盾。约翰没头没尾地解释，莫罗认为实验动物和人口腹中的动物一样平等，他认为自己的实验比动物保护更尊重动物。他一直对动物群体行为、人类集体意识感兴趣。这或许就是他对人的看法——自然与社会应该平等，只是现今人类的存在方式无法满足莫罗的标准。

莫罗的标准。我模模糊糊回忆。我想起莫罗的物资详单，十五年前起，每年都筛选实验动物。他很快便脱离了模式生物的限制，甚至索求过亚马孙鳄鱼和亚洲象。但他从不批量订购，每个物种少则两三只，多则四五只，一次完货，再不续订。纯系小鼠或黑鼠这些生物实验的量产炮灰也是如此，仿佛莫罗在精挑细选动物伊甸园的成员，而非动物试药。他的纳米药剂一年又一年地占领全球市场，每个季度都有新的产品。每年他都录十三分钟短视频，权当莫罗发布会，介绍每年药物的生产方向。他每年都换一个领域挺进，快要将人体探索完了。他去年生产了针对淋巴免疫系统的纳米药物。今年一月，他终于宣称正式进入神经系统。这有些难，毕竟人类不喜欢异物入侵头脑。

视频中的莫罗白发、灰眼，异常坦诚又难以丈量所思所想。他明亮的目光很像发光的海洋生物。他说人体细胞总在更新，人的一生能换好几个自己，他的纳米试剂也不例外，只会更好。约翰说莫罗不玩花招，甚至不搞阴谋，或许只在做一个大工程，按阶段向人类汇报进展。我则怀疑莫罗博士岛是一个阴谋。任何企图左右人类思维的，都是阴谋家。

我或许昏迷了好几天，或许只一个夜晚。船体剧烈震动，终于让我睁眼。一只高大英俊的黑斑羚望着我，然后低头继续吮吸我腰间的缝合伤疤。我努力低头。它将脓液、血块和药剂黏液小口吐到木桶里。我猎杀过黑斑羚，它们通常美丽又胆小，死时宝石般的眼睛异常透彻。但它很坦率，不怕人类，尖锐的双角微微向后盘曲，几乎能直接向上戳穿甲板。一只雌黑斑羚绕了进来，还有它们的小崽子，最小的高兴得一蹦一跳。黑斑羚一家后面是麋鹿、袋鼠、恒河猴、灰尾松鼠，甚至包括一只树懒和两只渡渡鸟。我迅速被包围，下意识直起身往后缩，发现手边三沓纸，小心掀开，写着试药协议书等字。我合上纸张，整理气息，又扫视四周。舱门侧面用夸张字体刷了明亮的“维茵夫人”一词。制式确属五年前莫罗购买的船艇，体积不大，但有足够马力拖动巨大驳船，通常由蒙哥马利驾驶。舱体弄得脏兮兮的，铺了毛毯，装满货物，波西米亚混乱风格，有如海上养殖场。

黑斑羚已清洁完毕。不知何时跳进房间的四只恒河猴扛来全新医疗箱，七手八脚将我按倒，重新对付起我的伤口。四颗脑袋时不时凑在一起研究伤势和电子说明书。“维茵夫人”发出巨大声响，我别着头。圆形舷窗外，巨大的驳船堆满器械。交接日是七天前。想来海啸耽误了整个流程。我已昏迷了七天。伤势有点重，他为什么不把我送走？救援药物证明蒙哥马利曾和医疗团队对接。他们知道我在“维茵夫人”上吗？

脚步声锤子似的沿台阶进来。蒙哥马利比黑斑羚还高。他微微拱着脊背，支棱的姜色头发蹭着天花板。他右臂抱了一只八哥，八哥脸皱成一团。他左边跟进两只德牧，还有一只大得出奇的缅因猫。它冷静地转动眼球，瞳孔收成一条缝隙。蒙哥马利则兴高采烈，挥动空着的健壮臂膀，拨开动物们，将我从床上直接拎起，塞入巨大的皮质沙发。他的宝座。蒙哥马利比想象中好客。他又抄起协议书，塞到我怀里。

“地震引发海啸，”他直接解释，“你居然擅自往公海走，漂到无风带，运气好，遇见我们。沿岸情况糟糕透啦，不过伤亡不大，多亏了莫罗博士。我想你认识我。我是蒙哥马利，莫罗博士岛的蒙哥马利。它们你会慢慢认识，因为你暂时回不了家啦，你得在莫罗博士岛住一阵。”

我攥紧临床试药协议书，又翻开封面，盯了一会儿拟稿人签名，按目录过了几项重要条款。蒙哥马利十分耐心地打量我，好像早已通晓我的背景。我忍不住问他：“约翰亲自来了？”

“对，喜欢把手藏在衣兜里的小老头子，他忧心忡忡来着，同莫罗沟通条款的时候可真干脆。我猜他是那种躲在后台的大人物，莫罗那种，原来你们真的有私交。”

“到底怎么回事？”我有些咬牙切齿。两只小袋鼠吓跑了。蒙哥马利有些不高兴。

“紧急情况，我们万不得已。”他将松鼠藏到蓬乱的头发里，“你失血过多，腰应该是被断裂树枝直接捅了，还带出点儿内脏。我没有足够为人类准备的药，用了动物的，当然还有其他东西。用了这些，就最好不要其他的处理疗程介入了。我去问莫罗，莫罗七拐八拐联系到约翰，向你的部门提了一个方案。约翰花了点时间让所有人接受。我们只能待命。也好，‘维茵夫人’能为救援提供些帮助。他们给了我不少非药剂物资。动物们也第一次看见更多的人。”

我没再说话，低头琢磨走完所有程序需要的时间。才一周。约翰也没这么快。一定有人希望把我塞给莫罗，让我来试药。

蒙哥马利见我踌躇，伸开巨大手掌拍拍我的肩：“约翰说你会签协议的，只是需要点儿时间。他让我转告你，莫罗博士的岛也可能是光明世界的光源，你得闭上眼睛接近它，才能了解发光的原理。我觉得他说得对。当然，我并不确定他在说什么。”

“约翰见过莫罗了？”

“是通信。他连你都没见。我们在驳船上没聊几分钟，他就被电话叫走了。你好好休息。莫罗博士岛没改变航线。我们得花几天才能追上。”

蒙哥马利哼着小调离开。我发现台阶上的灰豹。它懒散地卧着，似乎对任何事情都毫不关心。灰色垂耳兔蹲在它脸颊边，瞳仁乌黑，充满智慧。它盯着我，三瓣嘴微微翕张，似乎同灰豹交流。

看见莫罗博士岛时，我已经能动了。莫罗的纳米试剂异常管用。我一瘸一拐从后甲板挤到船头。几天来动物们对我友善。棕熊靠着船舷晒太阳。一只驯鹿让开位置。三叉角有如两架小巧的七弦琴。最先出现的是岛的绿色山丘，动物们欢呼起来。它们不论物种，视力都很好，喉咙发出丰富声音。

莫罗博士岛下海前，只有现在三分之二大，是第一座私人人造岛，只要漂在公海上，遵循联合国2042年修订的一般法则即可。换言之，莫罗回避了几乎所有科研法规。全世界心知肚明。通过一系列可知或不可知的操作，莫罗博士岛被默许了。他一定自开始便制订了近二十年的完整计划，很早就投放属于自己的卫星。量子加密通信主要覆盖南半球温带与热带的海洋。他的岛是组合结构，根据模块拼接，并慢慢扩张。组合结构拥有非中心化人工智能系统，具体到岛屿表面，你只能看见一只只黄铜色的工作机器人，大多像C-3PO。它们总被可有可无的工作占据，种树浇花养育动物。因此岛屿植被丰富，近几年开始拥有不该同时出现的物种，覆盖所有实验场所。我们能通过卫星监测岛表面变化，用遥测光谱判断藤蔓下玻璃实验房的动静，分析不断增加的动物构成和行为异常，但无人猜出莫罗做了什么。莫罗极少出现。他不喜欢温暖的太阳。我们都猜，表面的风光只是幌子，是蒙哥马利和动物们的天堂，莫罗博士的主实验空间全藏在岛的中心，海的里面。那儿拥有所有秘密的源头。

绿尾巴黄脑袋的虎皮鹦鹉落到麋鹿三叉角上。它突然开口，声音扁扁的，“大家觉得你不错。”它没有重复自己的话，没在学蒙哥马利。它像一位充满智性的名流，主动和我搭话。

“谢谢。”我故作镇定，“如果我的言行有任何不妥，希望你能——”

鬣鹿转过修长头颅，舔我的掌心，有点涩。虎皮鹦鹉低头整理羽毛，声音仍像被拍打过的面团，“你做得很好，你让树袋熊宝贝在你背上睡觉，你没有主动招惹任何动物，尤其是灰兔、灰豹和灰色的缅因猫。如果莫罗博士准备把你和我们连在一起。语言就能省掉了。”

它掀开大眼睛，眨巴眨巴盯着我，暴露出普通鸟类的警觉。我无法掩饰由内向外的错愕，虽然只有几秒。协议书措辞模糊，写着“纳米体液”和“神经网底层结构”。我想起每晚追随“维茵夫人”游动的、闪烁的浮游动物。

“当然，”我顿了顿，“莫罗博士有能力做任何事。”

蒙哥马利离我们不远，他若无其事收起风帆，什么都没听见的模样。岛边缘厚厚的红树林逐渐靠近。它们生出丰富的支柱根固定沙土，又留出呼吸根露在外面。几十棵红树的支柱根与呼吸根异常茂密，层层叠叠编织为一座结实平台。著名的莫罗博士码头。“维茵夫人”靠近码头，动物们蠢蠢欲动，比起大海，它们更留恋莫罗博士的岛。蒙哥马利停船，引导它们上岸。“不要远航，不要远航。”他对它们念叨。

二、莫罗博士的药剂与动物

我最后上岸，正式成为莫罗的实验小白鼠。当然，我属于人类，被认定有自主能力。协议声明参与试药只需一人，如同莫罗博士岛的一只棕熊、一只灰豹、一只虎皮鹦鹉。这是莫罗的实验逻辑。约翰从侧面出击，附加了条款。我需同时递交一份报告，以试药员角度，评估莫罗的药、莫罗的实验，还有莫罗博士的岛。无数人觊觎莫罗的专利想搞垮他，也有无数人寄希望于莫罗。我摇身一变成为双方的钥匙。我的大脑飞速旋转了好几天，琢磨如何同时撰写两份报告，一份给约翰，一份给世界。告诉约翰莫罗博士的真正秘密，告诉世界他们想知道的。二者往往并不相干。约翰曾对我说，任何报告，即使是科学报告，也有立场。哥白尼和托勒密的立场就不一样，下场也不同，而他们面对同一系统。

我仔细踏着被海水浸透的红树根。莫罗博士喜欢藤蔓，喜欢榕树和红树，喜欢热带林子将自身编织成一片的模式。动物们迅速钻入丛林。肥厚的土壤表面留下五花八门的蹄印。岛呈标准梭形，中间胖胖的，是绿色山丘。其实整个岛屿都是绿色。蒙哥马利安顿好“维茵夫人”，把我弄上自制的高底盘吉普，一路穿过漫长的植物拱廊，抵达山脚住处。全新建筑，两层，底层实木、家具实木，上层全玻璃，高度恰好浮于丛林之上，只侧面小部分被藤蔓覆盖，像是早就在等待我，唯一的人类试药者。

第一个晚上我想保持清醒，试图整理思路，但疲倦与莫罗博士岛的夜晚同时席卷而来，将我完全覆盖。整夜毫无梦境。再睁眼时天已有些发白，南十字星座只剩暗影，清晨水雾罩着湿漉漉的暗绿色雨林。我摸下床，拉开山毛榉味道的衣橱衣柜，各类衣物齐全，确实都只有一件。我迅速把自己弄成即将进行田野考察的人类学家。太阳还没出来，我在一层车库找到小型SUV，满是潮气，动物味道，一定蒙哥马利常用，临时分配给我。我勉强踩油门，沿最外圈道路绕岛屿四分之一。头顶厚厚的榕树枝叶和贴着地面的道灯让我产生错觉，好像又回到曼哈顿。我掉转车头，往岛内开，植物拱廊越变越窄，于绿色山丘脚下，变成小摩托和人方能通过的小径。我熄火，只身往林子深处走，磕磕碰碰，很快开始上山。日出时间已过，四周仍黑乎乎的，没有动静，让人心生疑窦。应该有活物。我只有停下脚步，安静等待，终于，窸窸窣窣的声音从植物拱廊的另一侧传来。

我犹豫几秒，还是掏出卷尺，拉到小臂长度，喷一层药物，纳米材料迅速变硬，像短刀。藤蔓墙匝得很硬，我试了试，才削断承重枝干。一股浓郁但清凉的气味让我几乎停止思考，凭本能一层层拨开枝叶，跌跌撞撞前进几十米，才看到开阔地的光亮。鬣鹿和黑斑羚同时发现了我。我清醒过来，举起双手，将卷尺插入泥土。而它们已优雅地转动脖颈，不为所惑。我悄然跟上它们。棕熊不知何时来到身边，没有碰我，擦着我往前走。对面是灰豹，垂耳兔坐在它肩上。恒河猴与雀鸟纷纷到来，弄出的声响轻微又密集。甚至有三只黄铜机器人，关节咔啦咔啦地响着。我一动不敢动。更多动物悄然而至。它们同时离开丛林阴暗角落，异常安然，踩着泥泞，相互靠近，似乎早已超越食物链关系，获得另外一种文明，垂下身躯，去亲吻明亮的水面。

蒙哥马利拿出细长的注射器和一小瓶半透明试剂。他看起来更像兽医而非无菌室里的大夫。黏稠的液体散发明亮色泽。报告中的纳米体液。我花了半天时间研究产品说明，不得不承认，文章中取得突破的关键机制，我不能完全理解。

“按这张图画的，”我问蒙哥马利，“注射体液，纳米小机器人就会沿着血管，游到血脑屏障表面，伸出爪子似的机械结构，抓住保护神经元的胶质细胞，嵌进去，特别像红树的根，除了没直接入侵所谓的血脑屏障，这就是‘植入’。但这儿又有两个环保标志‘循环，可逆’。”

“它们会降解，差不多每三周一次，顺着血液流到肾脏，排出去，像正常的细胞凋亡。”

“所以我每三周都需注射。以后投入市场的民用产品也是如此吗？这些我都会写到报告里。”

“第一个月是每周，你是实验品，就当在调试 beta 系统，肯定得加大剂量，可能会有些反复。”蒙哥马利草草翻看说明，“要知道纳米机器人拥有莫罗博士设计的那种非生物智力。它们需要迅速适应你的大脑，同你的神经元充分交互。整个过程是调试性的、适应性的，会产生废料，你的尿液可能变成亮橙色。因为你是其他人类的范本，莫罗博士会根据你的反应进行调整。不用担心。还是那句话，就像你自身在细胞更新，它们不会一次性全部凋亡，而是分批次，两个月后，就能进入正常状态。”

“正常状态？”我按着腰上伤口。它们恢复得太快。

“口服试剂。公众和政府想要的。”蒙哥马利摊手，“没有真正植入，只要你停止口服，三周后一切都能排出去。你会变回原来的那个自己。廉价又方便。这不会改变你的生活。我读了你的身体报告，每天都吞维生素片和镇定药。纳米机器人友好多了，它们会变成你自身的一部分，帮你填平生理和心理上的创伤。即使这样，你会害怕它们嵌到你脑子里吗？”

蒙哥马利突然一改原生态做派，目光锐利起来，像个长年厮混酒馆的老到赌徒，向前滑动转椅，凑到我跟前：“中情局灌进你脑子里的东西，能降解吗？纳米体液能！当你离开莫罗博士岛，只要你想，就可以忘记这里的一切。”

“但报告会留下来。”我冲蒙哥马利笑，“你介意我的身份，我不介意，说实话，我连夜离开苏门答腊，就是为了赶上发光海洋生物潮的尾巴，来看看莫罗博士的岛。谁不想来一探究竟呢？大概只有约翰。他其实是部门的唯一反对派。他劝我别被好奇心吃掉。但我抓住了机会。”

“怪不得，”蒙哥马利恢复常态，“约翰比你讨人喜欢。但动物们喜欢你，这很奇怪。你对动物比对人友善。”

我愣了几秒，他好像能看穿我，“我小时候喜欢马戏团，十二岁以前每个夏天都跟着它们。我不知道我父亲是谁。我母亲会在夏天酗酒。她总知道自己的节律，会提前把我的手放到象鼻上，让我跟着它走。然后她突然获得一笔遗产，就把我永远塞给纽约大苹果马戏团了。”

“这是莫罗博士岛诱惑你的深层原因？”

“大概吧。”我将全套注射工具揽到面前，垫好小臂，开始往胳膊上绑橡胶软管，“用了纳米体液，我会变成通灵的动物们吗，还是变成行尸走肉。”

蒙哥马利被逗乐了，好似我误打误撞抵达故事的真相：“不，你会变成泽维尔教授的儿子，变成陀思妥耶夫斯基的群魔，但你不会向着悬崖坠海而死，莫罗博士岛的地势非常平缓。”

他没让我费脑筋猜哑谜，悄然闭合双眼。玻璃房灯光暗淡下来，外面丛林的微光几近于无，我的心思随之飞向别处，感到小巧的动物们偷偷攀上枝头。蒙哥马利调低房间温度，空调风向改变了，空气缓慢流淌，环绕音奏出曲调，古登堡变奏，他加了自己的理解。

“其实你已服过体液了。”他平静地说，“第一天，你砍断了我的藤蔓，偷喝了动物的泉水，它们接受了你，你很幸运。”

我又闻见山毛榉的清香，意识到气味源自高纬度温带，欧洲北部的种类，莫罗博士家乡遍地都是。南太平洋的热带岛充满了北方气味。我闻见藤蔓被斩断，黑斑羚呼出水汽。我拆开注射器，戳入试液瓶，同样的味道。

我突然有种错觉，用思维演奏乐曲的并非蒙哥马利，而是莫罗博士的岛。

第一周，我花时间弄清岛屿表面的道路，包括毛细血管似的羊肠小道。蒙哥马利为我提供地图，我仍亲自走了一遍。我的腿脚好多了。恒河猴们每天都为我换药，手法进步很快。我发现除却被割断的藤蔓，没有其他进入丛林的通道。这证明我迟早得在植物拱廊上挖个洞，一探究竟。我松了口气。蒙哥马利很贴心地将断蔓编织为罗曼式小门，方便进出。动物们很少使用。虎皮鹦鹉偶尔坐到我肩头，同我返回玻璃房。我用仅有的茶点讨好它，忍不住仔细闻胡萝卜蛋糕，怀疑里面早就混了纳米体液。

“你的鼻子已经麻痹了，麻痹了。”它爪子扣着茶杯边沿，“你打破了我们的封闭循环系统，全都是山毛榉的味道，全都是。”

“为什么是山毛榉？”

“莫罗博士喜欢。”

“你们的系统本就是开放的，对不对？”我喂它花生，“循环，可逆，但没有回收。我相信，莫罗博士岛的地下世界也没有回收装置。他让纳米体液里的纳米小机器人参与到整个岛的循环。它们其实不会完全降解，对不对？只是脱离了生物体，进入到更大的循环。海边的红树林闻起来根本就是山毛榉。纳米体液都流到海里去了。所以海里的动物才会发光。”

“南半球的循环。洋流循环。知道了吗，别忘了你的报告。”然后，它不说话了，专注地将胡萝卜蛋糕啄成一团碎末。

我第二周才开始撰写报告。我想象纳米机器人已将我的杏仁体裹成了一颗小核桃。我的大脑已打开向外的通路，意识稍加驱动，便连上莫罗博士的量子卫星。一个频道专供我使用，将我的生理心理信息传向外界。那里，无数专家严阵以待。他们说一切正常，并发回一张立体成像。纳米机器人非均匀分布，几乎没碰感知和运动神经，只集中在颞叶、杏仁体、海马体周围。它们正努力适应我的短期记忆结构，不久便会遍布皮层，连接长期记忆还有处理情感的梭形细胞。我的尿液已开始微微发亮了。蒙哥马利又给我注射了一整管黏糊糊的东西，说提前减轻肾脏负担。

我申请与约翰通话，第二周结尾才批准。我清楚，当我在协议书上签字，我就不再属于我了，也不属于部门。我有拒绝的权利，但我志愿成为人类的小白鼠，所以也不再拥有隐私权。别人一定以为我疯了。约翰不会。所以他一反常态，亲自参与拟定协议，同意我留在莫罗博士岛。就像“约翰”一名的希伯来语源头，“上帝是仁慈的”。他是个骨子里仁慈的家伙，多年来没找到干涉莫罗的缘由 。他大概是少数的、真心实意希望莫罗在为人类做善事的人。

通信连接后，我发现其实无从张口，每个比特信息都在被监听。我只能叹气说：“感谢上帝我活下来了。”约翰停顿一秒钟，才说：“感谢上帝没人死于海啸。莫罗博士提前预见了地震，但相信他的人不多，预警系统启动晚了，受波及的主要是夜半出海的人，包括你这样的傻子。”我干笑几声，告诉约翰莫罗博士的药很管用，我已基本恢复了。约翰承认，由于海啸和我的体征状态，全世界的舆论天平正集体摆向莫罗。我观察他的表情，一如往常，一副面对显而易见的事态，不准备作为，气定神闲等待答案的样子。

的确，莫罗的手段不像阴谋。他的所有步骤都处于光天化日，但像约翰说的，人们喜欢到阴影里头去寻找现实和真相。

这不解决我的问题。身在莫罗博士岛都猜不出真相，简直有辱人格。

约翰看出我的心思：“我在驳船上见到蒙哥马利了。”他说，“他人不错，拥有博物学家的手，可惜他不是个真正的基督徒。”他眼角皱纹变深，“那时候你还在昏迷，我远远看见动物们围着你。我向蒙哥马利表示，将重伤人员交给动物可能不妥。他很有礼貌地反驳，说曾经有一群魔鬼附到一个人身上，那个人向耶稣求助，神的儿子便帮人类驱魔，把鬼怪们赶到家猪的体内，无辜的动物们疯狂地跳海而亡。他说他更害怕你把动物们害了。”

我指尖微微抖动。约翰换了个姿势：“还好吧，所有人都担心你精神不稳定。”

我点头。

“那动物们呢，它们进化了吗，它们的群体行为充满了社会性吗？”

通信被切断。我没在报告中透露林中水洼边的动物们。外界也没获得关于我大脑的全部事实。莫罗博士筛选了信息，也可能是蒙哥马利。我清楚。约翰也明白。他不会在通信中说破他的猜测。莫罗博士也不会让他说出来。我们都不是直截了当的人。

我没立刻询问关于群魔附体的比喻，一直以来我表现得像个文明世界的君子。蒙哥马利开始像动物那样接受我，将我引入他的工作。他解释说，自然界的高级运作方式应和人类社会相同，虽然人和动物不太一样。我不能完全理解他的意思。他回答，等你一步一步完全连入莫罗博士的岛，就明白了。

“当然总的来说，分为两阶段，”他若有所思地解释道，“先接入无机物，再接入有机物。”

我先学会调试玻璃房，然后学会指挥黄铜人。蒙哥马利仍少言寡语，沉浸于自己的快乐世界，除非必要，见都不见我，不用说和我交流。但他让我一起照料莫罗博士岛。每天清晨，唤醒机制准时透过纳米结构，激活大脑。我迅速起床，收拾完毕。尿液不再是诡异的橙色，但散发一股山毛榉香，还是很奇怪。我打开十几个片剂瓶，按量倒出五颜六色的药片，分三次才能吞咽干净。太阳升起时，我已潜入丛林，从自己挖的植物洞口，进入动物的世界。我学会了同它们一起接近明亮水洼，伏到地面，小口舔从土壤和空气渗出的莫罗博士岛的纳米物质。

两个月后，我不小心被变硬的榕树枝条划破右臂。一道长口子。灰色豹子正在我旁边。我很清楚莫罗博士的岛没有多少大型食肉动物。棕熊、灰豹、河里的鳄鱼一家、两只黑狼和几只狼崽。我记着蒙哥马利所谓的自然运作规则。我等着它兽性大发。灰豹瞳仁变细。它凑近我，出神地盯着伤口淌出的亮红色血液。我也被那颜色吸引，早上服用的片剂全在里面。趁我不注意，它用舌尖儿将血舔干净，动作称得上文雅，但又有悔意，转身就走了。垂耳兔自始至终蹲在它脑袋上，三瓣嘴兴奋地一张一合，睿智又充满好奇地研究我。它们走后，我才想起包扎。黄铜人带着急救箱赶来。我们负责清理过度生长的草本植物，负责投喂雀鸟、黑色或褐色的大鼠，以及多种灵长类。它们数量众多，每天都需提供食物。它们很配合我。最小的蜂鸟都懂得落到我肩头，总将喙撇向另一边，避免戳瞎我双眼。

第一批莫罗博士的纳米体液已运抵人类机构。岛外临床试验顺利进行。约翰很少与我通话了。我与外界交流的欲望也日渐匮乏。我开始享受动物们的陪伴，报告越来越不客观，开始充斥赞美之词。我不以为意，觉得离开莫罗博士岛时，整理一下修辞便可。计划中的第二报告还没开始写。我曾想过利用黄铜人潜入莫罗博士的地下堡垒，但被黑斑羚一家新宝宝的诞生打断了。那感觉像回到童年的马戏团大家庭。不，不太一样。不是荒诞的动物世界。一只豹子，见了血，不咬断我的喉咙，它一定进化出了智慧。到底是什么样的智慧？我那喜欢追根究底，把自己引上莫罗博士岛的灵魂，不知何时已离我而去。我彻底沉浸在朦朦胧胧的快乐中。

当莫罗博士的岛靠近非洲，再次接近赤道，一场预料之外的大雨让林中水洼变成一池小湖。我照例伏到地面，发现身边麋鹿并未立刻饮水。倒影中，它瞧了瞧自己，有些困惑。我端详镜子似的湖面，感到一阵顿悟。

隔天，我找到废弃的太阳能光板，刷一层胶状涂料，制成不太清晰的金属折叠镜。我背着它，在每一种动物面前展开，只有恒河猴、虎皮鹦鹉和长年徘徊在绿色山丘的大象，会对着镜子收拾自己，向我报以善意目光。其他动物都困惑地面对镜中同类，不确定我的行为。通信频道中，约翰会问我，动物们进化了吗？我给出模棱两可的回答，无法通过镜子实验的动物未必没有自我，但它们一定没进化出人类的自我意识。

屏幕中的约翰若有所思：“能认出镜子里的自己是另一个自己，不仅需要自我意识，它要求我们学会自我分裂，至少分裂成两个，一个留在身体里，一个投射到镜中，再加以对比。动物们了解自身，动物们懂得将自身与同类对比，但它们学不会分裂，所以无法知晓还可以有另一个镜中的自己。但人可以，或者说，我们非常擅长这个。”

我问约翰：“有没有想过，有一天，镜子里的家伙会超出你的控制，抛下你，溜走了，即使你深深肯定，那家伙永远是你自己。”

“当然，谁不想抛弃自己的过去和阴暗面呢？”约翰观察我的表情，“协议有退出条款，如果你认定自己精神不正常，可以按流程申请离开。”

“我没有。”我听见自己声音局促，通信再一次被掐断。

我应该告诉约翰，针对动物们的镜子小测验结束，我常忍不住通过各种倒影观察自己。终于有一天，我瞥向 SUV 反光玻璃，发现了一个陌生人。他不是蒙哥马利，也不是莫罗。我花去三分钟，意识到他是我自己。一种细微的困惑从颅腔中散布而出。蒙哥马利正在我身边安置黄铜人。我惊诧地瞪着他。他发现了我的异样，安然解释道：“你喝了林子里的水，一直在喝，那是给动植物的，你早就在接入莫罗博士岛的有机世界了，出现奇特体验请不要惊慌。”他敲敲玻璃中自己的影子，“你瞧，我有时也不能确定他是谁，但我信任他，他是个不错的人。莫罗博士岛的有机世界都信任彼此。你信任你自己吗？”

三、我与蒙哥马利谈心

我在莫罗博士岛度过整整八个月。南半球由秋天转入春天。整个岛向南漂动，逐渐接近南回归线。我申请到核磁仪，定期扫描自己的神经系统。纳米机器人已遍布神经网，甚至藤蔓似的爬到运动神经末梢。我简直换了个人，能轻松攀上高大的榕树，向后翻落到地面，毫发无损，像个极限运动员。当然，真正让我心有戚戚的，只有遍布脑皮层的纳米机器人。它们死死嵌入控制抽象思维的额叶和主要处理感觉信息的顶叶，成为一层新的，我称之为纳米神经网的东西，好似脑表面凭空多出一张皮层。由于整个过程循序渐进，我虽有所畏惧，但完全离不开万能皮层了。

这算一种植入吗？一种温水煮青蛙的手段。蒙哥马利向我保证，只要我停止注射，停止服用，停止到林子里趴在地上喝泉水（他可不这么做），整个皮层都能降解，可以化为明亮的橙色尿液。我没尝试，外界人尝试了，确实能在三周内代谢完毕，无任何后遗反应。实验室外，少有人真正实施全排泄。他们同我一样，充分适应了新皮层，并为此内心快乐、头脑平和。当然，流入市场的纳米体液只接入无机世界，进行体外设备操作，或者试图与人工智能融合，各方对是否进一步使用莫罗博士的高阶体液争论不休。标准流程中，我还未开始全面使用莫罗的药物。泉水的事，只有莫罗博士岛上的生物知晓。

接入莫罗博士岛的前一夜，我内心惶惶不安，决定同蒙哥马利谈谈。毕竟几小时后，我或许动动脑子就能和他交流。那太怪异。我要用当下独立的意识和他聊。他住岛的另一头，靠海。红树丛中能找到一串隐秘的向下阶梯，都是呼吸根，潮气让人窒息。通道延伸至海平面以下十米，蒙哥马利的住处。他也拥有玻璃房，十分巨大，二分之一伸到海里。灯光照亮了远处的珊瑚礁。自身发光的鱼类成群游过来，围着玻璃房转圈。莫罗博士岛按固定航线运行十五年。它们都适应了它。

蒙哥马利的房间毫不简洁，堆满独特杂物，乱成一片，只在他眼中井然有序。两个月前，他第一次允许我进入。他就像岛上的动物，平和、快乐、兴致勃勃，看起来有点儿傻，但注重界限和隐私，甚至有些敏感，从不告诉你他在想什么，只让你去悟、去猜，当你的行为被认可，自然会悄悄进入它们的心灵。我似乎适应了它们这种充满自然智性的交流方式，甚至可以说，爱上了。

约翰曾告诉我，人与人之间最忌交浅言深，但如果只是沟通，最迅速的、能触及对方心灵的手段，就是交浅言深。像电影里的桥段，当陌生人面向篝火，突然提起遥远的过去，你也会不由暴露自己，讲出你的心事。

我拿了两瓶苏格兰麦芽威士忌。蒙哥马利家乡的牌子。他不由咧嘴笑，让开地方，示意我坐到毛毡毯上，同他肩并肩面对深邃的海洋暗流。

“来贿赂我。”他喝酒从不勾兑。

“来获得你的信任。”我摇晃酒杯，暗自哂笑。

他“噢”一声，再次问我：“那你信任你自己吗？”

我花了几秒，确认这不是蒙哥马利式的反讽或单纯修辞：“我不认为一个人总能对自己有百分之百的把握。”

蒙哥马利笑了：“看来你受过挫折。但约翰非常信任你，尤其选择把你留在莫罗博士岛。”

“盖伦制药的纳米试剂来自莫罗博士岛。”我迅速说。

蒙哥马利往嗓子里灌酒，才悄然叹气：“早些年岛和外界的对接并不谨慎，有过外泄试剂。莫罗博士规范了流程，才有了无风带的驳船。”他瞥我两眼，“约翰给了我们你的所有档案。我知道，盖伦制药的人体实验报告是你写的。出于保护证人，你的名字被抹掉。他告诉我，一直以来你急切地想知道莫罗博士岛的秘密，因为道德感吗？觉得莫罗和盖伦一样？来追寻原罪的根源？可以省省了，不是你想的那样。”

“当然不是，”我脚跟抵住玻璃墙，海豚游过来，往我脚心上凑，“事实上，约翰也不知道全部真相。”

“是吗？”蒙哥马利说。

“那时候我协助摩萨德追查反以恐怖分子，对外身份是记者，会写关于难民的报道，发现盖伦公司营养片剂有问题的时候，我没料到和自己的任务有关。当然，我不会蠢到认为盖伦和情报部门没勾结。约翰暗示过官商旋转门，让我小心。农业部和科技部，制药公司，南部的大农场，还有我的同僚。但我忍不住。”

蒙哥马利有些惊讶，又变得饶有兴趣，将我的杯子灌满。

“我花了两年，找机会跑了乍得、南苏丹、肯尼亚这些难民数量巨大但又不引人注目的国家。针对盖伦公司的调查报告是在那些地方完成的，不像媒体统一口径所言，在约旦。那儿的患病率和死亡率其实不高，也没太多基因实验的勾结。大部分时候，我在中东只做情报工作，而在非洲搞调研。我觉得两者可以并行不悖。事实也的确如此。其实不止盖伦公司。非洲被弄得像个无节制的实验培养皿。”

“老约翰没阻止你？”

“我觉得他默认了。他早看出来了。只要我完成分内任务，他就不说什么。他对我的行为向来不做价值判定。他甚至跟我说，盖伦没被真正扳倒，人体实验曝光，反证明了它的药很可靠，只是手段太急功近利。确实，没有盖伦案的铺垫，他们不会让我一个人来试药。”

“是吗，这是约翰的想法吗？还是你的？还有，你调查的恐怖分子呢，你扳倒他们了吗？”

“只打死一个。”我望着远处珊瑚礁，“他其实是我同僚，比我早加入。现在想，他大概和约翰差不多时间发现我的小动作。他叫乔布。他太适合搞外交了，说什么都让人信服，所以做的策反工作，鉴别情报人物，或者把重要的家伙弄到欧洲。他没去过非洲，他只在中东和欧洲混。我在黎巴嫩开始和他有交集。他表现得很有同情心，愿意帮我搜集盖伦公司在欧洲难民营的实验数据。他说他想在情报任务之外，做些真正有意义的情报工作。听起来特别有道理。我欣然同意。那时候感觉真好，在所有人眼皮子底下偷偷摸摸调查，但全心全意相信那种生命的价值。”

“没人提过乔布。”

“不会有人提他。我一枪打穿他嗓子。约翰都没见过尸体。他才是压垮整个局面的稻草。的确，盖伦公司在欧洲做人体实验，欧洲报告其实是乔布写的，写得比我好，只公布了一小部分。因为盖伦的欧洲人体实验不是治疗，而是灭口。”

蒙哥马利转向我。

我长吸气：“欧洲的难民营就是中转站，什么身份的人都有，对西方怀有歹意或者好意。那儿也是孤岛，大部分法律不适用，其实没人保证他们的生死。当然，也会有医疗团队。当盖伦的营养药与纳米治疗结合，就会产生代谢紊乱，一周内致死。当然一周内，所有东西也都排出去了，不留痕迹。乔布早就知道。大概一年多，很多情报人员都用这手段，把人送到难民营，搞到信息后，再考虑灭口。”

我观察蒙哥马利表情，他确实不了解乔布的事。

“乔布早就写好报告，只是花了更多时间，让那风格同我的一致。他把报告加密寄给我，隔天，我的线人一次性全部完蛋，中了代谢紊乱的毒，有几个在欧洲，大部分在约旦和黎巴嫩。不用说，用的就是报告里的手法。我认定被渗透，可没想过是乔布。我当时除了约翰，就信任乔布。我决定弄清情况再通知约翰，一个人秘密赶到贝鲁特。乔布说只能在郊外安全屋见。风特别干。我觉得皮肤都裂开了。他倒是云淡风轻，直接告诉我，都是他干的，反正他同时是中情局、摩萨德和好几个恐怖组织的对家。他们害过他的家人，准备杀他的朋友，时间紧迫，只有提前灭口。我被他的立场搅乱了。他却向我道歉。他问我是愿意揭露他这个微不足道的双重间谍呢，还是愿意利用这次事件扳倒盖伦。”

我的舌头开始发干，蒙哥马利为我倒一杯水。

“他说如果选扳倒盖伦，所有材料都做好了。如果选揭发他，哦，他说，可没人能撬开他的嘴，而他是我最后的情报希望。这点我信。他太有说服力。但我没法果断决定。实际上，我握着枪，整个人抖得像在纳尔维克而不是贝鲁特。他就突然扑过来，我开枪了，杀死了最后的希望，所以我毫无办法，只能选择与盖伦为敌。乔布安排的后事完美无缺：盖伦公司在黎巴嫩人体实验失败，我赶到现场取样，希望揭发，忠于事业的他试图阻止，我一枪杀了他。所以在媒体口中我是无名英雄，在中情局报告中乔布是忠心耿耿的情报人员，我则不仅搞砸了任务，还正儿八经地准备闹一场旷日持久的官司。盖伦公司对中情局掣肘。其他人恨不得直接投石击毙我。”

“约翰呢？”

“他帮了我。”我突然感到整个人放松下来，“我基本违反了所有规则。他带着一帮人找到我的时候，我甚至觉得他要直接下令击毙我。他没有。他看了我的报告。他才是盖伦案的幕后推手。他甚至没追究乔布到底是怎么回事。”

“乔布故意的。”

“对，他颈骨几乎被洞穿，其实没有，子弹卡在里面，他嘴里含着血，往外淌，还冲我笑。他的身体已经倒下了，还在解袖扣。袖子里，我找到张纸条，写了毁尸灭迹的办法。他是证据，我应该保护现场。但我觉得那是他的遗嘱。我最终照办了。”

“中情局是该投石击毙你。”

“没错。”

酒瓶空了，我们好久没说话。夜晚的南太平洋就像流动的晶体，一波波截面反射明亮月光。海豚还在嬉戏，一只最小的发出飞鸟似的鸣叫。我能听见，在我的脑子里。

“所以呀，”我悄声说，“我清楚莫罗博士的纳米体液和盖伦试剂不一样。约翰说得对，盖伦没被真正扳倒，不管是合法的人体实验，不合法的人体实验，还是借着制药的名义做的任何勾当，我们都在做治标不治本的事。莫罗博士的岛不一样。我清楚。我不是来找原罪的。”

蒙哥马利的表情开始松动。我大概在那一刻真正获得了他的信任。他说：“不是原罪，是圣经里的群魔。当然这世上没有耶稣，也没有真正的恶魔，只有被一群污鬼附着的人心。如果人心被连通了，这些怪物们会不会逃出人的意识的小小的窠臼呢，会不会让成百上千的动物们发疯而死，会不会让自然崩溃。”他望向我，“这是莫罗博士想回答的问题。”

他大概觉得自己已告诉了我事情的全部真相，但我不能理解，至少当时不能。

他继续说："莫罗博士对控制别人、改造别人、治疗别人不感兴趣。非洲人说智者搭桥。他想让生命之间的联系加强。这不是实验，是动物的进化，也是人的净化。你可能还不懂，但动物懂。"

"但它们的自我意识没有提高，对不对，它们怎么可能懂，怎么会跨越食物链，一起到林子的固定地方——"

"那你一定没去过非洲的荒野，总有那么几个黄昏，就好像下了令，蛮荒世界的动物们同时出现，相互靠近，汇集到共同喝水的地方。这不是生物本能，而是古老的、属于自然的文明。人类社会其实也有，你没经历过吗？"

我当然经历过，我想起那个贝鲁特的黄昏，在科莫多尔旅馆的大堂，奔忙了一天的记者们都回来了，另一些人的一天才刚刚开始，天知道每个人背后的身份是什么，但都口干舌燥，在每天的那个奇妙时刻，同时放下不和，悄然喘一口气，要一杯酒，用目光揣测心灵。我就这样遇见乔布。我从他的眼里看见自己的惊恐。我们都被白天难民营发生的事吓坏了，在黄昏间不经意暴露了自己。

我记得我主动帮乔布要了威士忌，交浅言深地聊起来。我或许早该猜到他是情报人员，双重的，但我更愿意相信他的自我评价。他说他是外交的二道贩。他在生命最后一刻使劲往断开的喉咙里咽血，说从来都信任我，死后也是。

蒙哥马利开始同我聊他的人生，如他自己所言，朴实又怪异，认识莫罗之后饲养动物，认识莫罗以前研究物理。他酒量太好了，一直没醉。天亮时候，整个海的颜色变暖。他笑眯眯说，你就像薛定谔盒子里的猫，好几只猫，离开一刻，不确定态才得以崩坍，才能知晓是死是活。

我跌跌撞撞驾驶 SUV 返回玻璃房，幸而没冲破红树林直接掉入大海。新的纳米体液是赤道天空的颜色。我使劲拍肘窝，瘾君子似的注射，浑身颤抖，接着如释重负，直接向后倒下。梦境与现实重合，我闻到草木生长，看见纳米分子蒸腾，听着莫罗博士的岛离开珊瑚礁，珊瑚虫歌声密集，舌尖是科莫多尔旅馆兑了水的威士忌。我的皮肤仍沾着乔布的血和其他人的血。贝鲁特夏夜的海风燥热极了，还没吹干我的心脏。

四、莫罗博士的实验

再次清醒是三个月后。我发现自己西装革履，光着脚板，蹲在床上，指甲塞满泥土，周围的动物还在熟睡，除了灰豹。它尖锐的爪子已探出肉垫，又收了回去。我并未对做作出特别反应，我的思绪还没有完全收回那个名为“我”的容器。我仍同时对灰豹抱有歉意，同时看见藤蔓爬满大半玻璃房，同时感到阳光从叶子缝隙渗进来，如同我同时体验到纳米皮层均均匀匀地、紧紧地覆盖我的大脑，插入血脑屏障每个罅隙，但它们之间的连接在变弱，变得纤细，就像一个人即将失去用时间积累起的宝贵经历。

鲜血流出双耳。我同时听见整个岛的红树根在呼吸，听见自己的神经系统警铃大作，脑电位飞出阈值，递质高速传送，蛋白质卷起颅腔内的纳米废液，那些可以渗入血脑屏障的化学物质，疯狂地重构、巩固变弱的连接。鲜血流出鼻腔，嗓子里泛出血腥，山毛榉味道差点噎死我。我思维的一部分却清如明镜。它告诉我，我三周没服用高阶纳米体液了。这是我的决定。它们正开始全面降解。而我的大脑无法接受现实。它的自保能力正触及顶峰。它想恢复所有经由纳米体液构筑的神经连接组。

有一瞬间，所有记忆的片段毫无保留地砸向我。嘿，我居然知道它们一直在，只是从未同时连接到脑中那个名为"我"的抽象东西。它是具体的东西吗？它是一个截面？一种结构？一个新皮层？一个自反段落？一个回归？还是思维的冗余？

我知道我的双眼开始布满血丝。红色与橙色交替出现，覆盖了莫罗博士为我准备的冷色调房间。我摇摇晃晃滚下床，没走两步便被毛毯绊倒。动物们惊醒了，慌乱起来。虎皮鹦鹉尖叫："他在剥离！他在剥离！"

我听见我出于本能大吼："都离我远点儿！"

我跌跌撞撞，四肢并用地爬到卫生间，反锁门，心里清楚拦不住豹子和斑羚。它们没进来。我打开浴缸笼头，把脑袋塞到水流下面。剥离？对，剥离。记忆告诉我，我正在剥离莫罗博士岛的心灵连接网。

我想起我对乔布坦白，说盖伦的纳米治疗救过我的命。乔布变戏法似的掏出他的调研。我们发现盖伦的纳米治疗良莠不齐，越早的越好，最早的几例非洲试药比成药还完美。我想起约翰第一个抵达现场，我已将乔布的尸体料理完毕。他盯着我的衣服，上面布满乱七八糟的血迹，问我是否一定要揭发盖伦。我对他说我别无退路。约翰沉默良久，十几只枪口焦躁难耐地对着我。他说官方已收到加密报告，媒体开始炮轰盖伦。他问我有人帮忙吗？我说没有。他问我乔布在哪里。我说不知道。他一边草草地读报告，一边用余光盯着我，目光越来越让我捉摸不透。我内心发凉，无从躲闪。他最后合上眼又睁开，突然说还是选择相信我。

所幸记忆还未抛弃我，它们有条理地铺展。我并没有失去三个月，相反，几乎每个细节都清晰且快乐，刻在纳米与神经的连接组里。即使处于失控的三周，我的心境都平和又愉悦，同一群恒河猴关在笼子里，沉入莫罗博士的地下实验室。

不，我应该重新整理着马赛克似的记忆，将它们拼凑为完整可读的路径。

我那自诩专业的头脑高速运转起来。分析是一件好事，分析让你学会将心灵的一块置身事外，去联系每个细节，去雕琢事情的真相，约翰交给我的最强大武器。

我正视了一个现实，三个月内，我并不存在。或者说，原来的那个“我”，分裂成了复数。不是典型的多重人格，不是通常意义的精神分裂。复数的我，在注射高阶体液的那个夜晚，就欣喜地获得了真正解放。它们，准确地说，我们，顺着纳米结构的网络，瞬间超越了名为大脑的黑箱，直接沿着莫罗博士岛无线或有线的网络，无机或有机的物质，植物的维管束或其他动物的头脑，遍布整个岛屿，甚至跃迁到莫罗博士的同步轨道卫星，只被量子起伏挡住脚步。我首先找到灰豹与灰兔，它们的心灵紧紧嵌合在一起，我学着说了声“嗨”，当然不是用语言，而是用大家都懂的情绪。

我想起深夜睁开眼，整个人陷在柔软的床垫里无比舒适，这个热爱肉体的我开始正儿八经地思考禁欲快一年的问题。其他的我则分散出去了，有的盘踞在巨蟒的心灵，有的寻求黑斑羚一家的陪伴，有的顺着榕树与红树的根脉系统，触及岛的根基，有两个干脆占据了两只黄铜人。一只黄铜人开始进行白天我应完成的工作。另一只似乎总是一动不动。我观察过它很久，它的权限很高，可以进入莫罗博士岛深处，或许能帮我见到莫罗，我还有观察报告得写呢。而与此同时，所有的我连接着我的大脑，体验着我如何照顾自己，起床穿衣，慢悠悠离开玻璃房，侧头看了看车库。天黑乎乎的，时间还多，我决定步行，穿过浓密的枝与叶的长廊，去水洼饮水。这感觉很有趣，就像我无处不在，但又同时不断地穿过我自己。

我迟到了，天变得很亮，动物们没离开，都等着我，包括蒙哥马利。他平和地望着我，完全接受我融入莫罗博士的岛。我意识到他早就融入了莫罗博士岛的众多心灵的网络。我顺着各种意识找到他。他果然无处不在，像宇宙中无处不在的微波背景辐射。他说他开始欣赏我了，也很感谢我，因为我尝试不通过纳米皮层与他交心。我成功了。这让我顺利地进入它们的世界。我靠近水洼，俯下身躯，舔舐光亮的水面，搅动镜面反射中我并不熟悉的倒影。动物们也纷纷饮水，最后是蒙哥马利。我能同时感到它们的体验，好似全部岛屿的生灵一起倾身，膜拜自然。

很明显，那些心灵中并没有莫罗博士。

为什么？我漏想了什么？这会儿我的脑袋要炸开了，根本无法进行有效思考。我又扯坏一条浴巾，血又从鼻腔和内耳淌出来。我在分析事件，我的大脑在自保，我的那些个复数的记忆接连不断地按照逻辑，拼凑一个单数的我的系统。

事件拐点在哪儿？

意识终于找到了那个清冷的早晨，大象的小家庭叫醒了我心灵的一部分。跟着它们的思绪，我走入古老丛林，走入莫罗博士岛所有植被的源头。一座象冢。我调动数据分析，最早适应纳米体液的藤蔓与榕树都源自象冢。我一直没发现。很奇怪。公象悄然拨开稀松的藤蔓。一只黄铜人，等在一座黄铜门门口。门都锈了，一条一条的绿色。我吓得差点抽身就走。因为那也是我。我几乎忘记那个我了。分裂成复数的第一天，那个我就占据了这只黄铜人，无声无息悄然潜伏，非常有技巧，连我都忘了它。黄铜人似乎从大象的眼里发现了我。它本坐在裸露的树根上，它站起来，玻璃眼滴溜溜转动，告诉我不要轻举妄动。我脑中听见他的声音。那个专业的身为间谍的我。他说，他已潜入莫罗博士的地下城堡很多次，已熟悉那里的结构和那里的运作方式。为了不走漏风声，他学会将记忆封存，封存到大脑中不为人知的角落。他甚至自己摸索出方法，利用纳米皮层弱化新皮层的记忆相关神经元连接，彻彻底底切断了那些记忆与其他复数的我的联系。

怪不得到现在我都没找到关于莫罗博士实验室的记忆。我钻出藤蔓墙，寻找榕树下的水洼。潮湿的空气富集纳米分子，来自北方的山毛榉味道促使我冷静。我才发现自己是个不错的间谍，当没有来自道德与伦理的杂音，那个身为间谍的我为了保密，都学会直接修正纳米神经连接组的物理结构了。约翰，你知道吗，从兰利毕业，我成为荣誉学生，你说我潜力非凡，那是真的！

记忆中一串迈着整齐步伐的黄铜人“咔噌咔噌”靠近。伪装成黄铜人的我挺直身躯，像个真正的机器人，一动不动了，直到黄铜门打开，它才加入黄铜队列，大踏步进入漆黑走廊。

四下恢复寂静。

而我的心灵开始叫嚣。

一个无法遏制的念头过电似的爬过所有神经连接组，爬出颅腔。

复数的我各自为政，快要互不相干，就像得了怪异病症的海星，每只触手痉挛着想逃离躯体，最后将自己扯得血肉模糊，扯离了生命。但这不会发生在莫罗博士岛。莫罗博士岛的网络欢迎所有复数的我尽情分裂。没有一条思绪会因离开我的肉体而消散或失落。

我突然意识到自己还在大象的脑子里。它并没有干扰我疯狂转动的心灵。它发出低沉声音，安抚我。它爱我。

把我带到象冢的象群啊，你们知道我实施的恶行吗？你们向我展示了动物生死循环最神圣的地方，展示了莫罗博士岛的根源，而我背叛了你们。

不管是单数还是复数，那是我干的。

这个念头瞬间击中我的心灵。

复数的我，开始疯狂返回头颅。

象冢旁边也有水洼。象群开始使用长长的鼻子饮水。公象听见声音，悄然回头，我看到自己的身体摇摇晃晃赶来，酒醉一般。我回到自己身躯，跪在黏糊糊的泥土里，颤抖着靠近水洼。

水面有波纹，我正视倒影，认不出那是谁。我变得像动物了，不过理智告诉我，别急，等它们都回来，一切将恢复正常。我死死盯着水面，一直等着。象群该走了。母象忧郁地用鼻子拍拍我的后背。波纹不断消散，从边缘弹回来，越变越弱，水面彻底恢复镜子模样。

我看见水中人像。是我。那是我。我认出了自己。我听见自己在尖叫。

我同时听见那个来自黄铜人的我的声音。他说这下好了，你要成为精神分裂患者了，要知道精神分裂会传染的。

——我终于爬到水洼边，没有一只动物赶到。

我看见水面中的自己，鼻腔耳朵眼角全是血。血滴答滴答落入水洼，搅浑倒影。我将欲裂的脑壳扎到水里，埋入泥中，大口吞咽，又呛得离开水面。

我无法整合象冢之后的记忆。我知道自己的确患上了典型的精神分裂。我隐隐约约记得象群折返回来，公象用鼻子卷起疯狂挣扎胡说八道的我。蒙哥马利把我扔到笼子里。同时犯病的包括恒河猴、虎皮鹦鹉和几只海豚。莫罗博士则将我们分开，采取不同措施。我好像看见了莫罗博士，看不清面庞，只有一顶棕色费多拉帽。他没马上治疗我。他先竭尽全力让其他动物恢复正常。很长一段时间，我同一只恒河猴关在一起。我记得有一天，它指着天空大喊："蓝鸟！"

最后，笼子里只剩我了。莫罗的声音非常睿智，他说："我修好了整个系统，但你需要重启。"

我回答："降解体液吗？"

他点头。

我问："我变成恶鬼了吗，我有没有让动物们发疯，让它们坠崖而死。"

他说："它们早就原谅你了。"

没错。动物们将我接出笼子，让我西装革履，穿着体面，待我如同康复病人。

来自热带季风的暴雨突然而至。我将整个身子丢到水里，脑子不再疼痛，也不再清醒。重启完成，我大概变回了过去的那个我。我的脸埋在泥里，恍恍惚惚感到自己将被溺死。

就在此时，一只大手把我拎起来。

蒙哥马利给了我后脑一下。

我总算失去意识。

五、莫罗博士其人

我感到光亮。人工白光过于刺眼。我先看到一片橙红，抬起眼睑，被我入侵的黄铜人面无表情，往我手背扎针。液体进入血管。一阵冰凉。鼻子里则充满消毒水味。我动动手指，逐渐找回对身体的掌控。黄铜人见一切正常，便退到角落，一动不动了。

我用手肘支撑自己，左右四顾，想起自己来过病房。精神分裂时候，身为间谍的我尽忠尽职待在黄铜人体内。这里是莫罗博士治疗恒河猴的房间。黄铜人协助博士进行镇定治疗，但没用，猴子们吱吱叫着，莫罗博士强制降解了一部分专供恒河猴使用的纳米体液。

黄铜人突然开口，瓮声瓮气告诉我，莫罗博士愿意见我，我随时可以去找他，反正我认识通往莫罗博士办公室的每条走廊。

“我认识吗？”我问它。

“对，我认识。”我自问自答。

它彬彬有礼撤出房间。我想起很多个夜晚，我迈着它那笨重的金属步伐，穿过莫罗博士岛的地下走廊。起初我觉得每条岔口都是迷宫似的等价路径，后来走熟了，我意识到地底世界的构造同地面丛林一样。这里的空气没有纳米分子。空气中有其他物质，让所有纳米机器人解体为最普通的分子。莫罗博士将自己隔绝于整个岛的纳米循环外。待在黄铜人体内的我没发现这点。

为什么？

我整理思路。很明显，如果我是莫罗博士的实验品，那么精神分裂症是他期待出现的问题。他的反应和处理程序如此迅速，就像对解决手段早有准备。莫罗博士岛的测试版终于完成。我变得可有可无。我扪心自问。我为什么精神分裂。答案很简单，复数的我通过纳米皮层加持，在颅腔外的世界得到解放，不过，当它们同时回来，我这颗小小的大脑无法消受，无法整合纷繁复杂的独立意识，就崩溃了。

动物又因何成为连带伤害？

内心深处清晰如欧氏几何的声音给出答案：自我意识。

那个职业情报人员，他是不是早就找到答案了。

我想起该死的镜像小实验，麋鹿和缅因猫不认得镜子中的自己。大象和海豚认识。恒河猴和虎皮鹦鹉如拥有足够复杂的纳米皮层，也会对着镜子梳毛发。自我意识不强的动物不需追逐一个完整的、自我的、自洽的体系。人类恰好相反。当复数的我群鸟归巢，返回大脑，连带效应激活了恒河猴和虎皮鹦鹉的自我需求。它们的脑容量小多了，当然也会精神分裂。

我起身，找到房间电脑界面，冥思苦想，挖到了思绪缝隙中隐藏的路径和密码。

别闹了，事已至此，让我们一起面对吧。我对自己说。

我花了点儿时间进入文件。

是我利用黄铜人笨拙的十指，敲入的第二份报告。

所谓第一份报告，自然是每周传给约翰，报喜不报忧的文件。一年多，我的精神泡在极度愉快的粉红色泡泡里，不断吹嘘人与动植物的和谐。现在想来，约翰一定知道我精神不正常了，没有任何特别的反馈。而莫罗博士岛之外，除了永恒的药物滥用和违法禁药，莫罗牌体液尚未在人类身上产生副作用，人类社会甚至为此受益良多，社会有正向变革的可能。我忙着与动物相处，还没来得及读相关文件。

第二份报告就是另一回事了。我从后往前浏览。最后一条记录是三天前。这说明患上精神分裂后，身为间谍的我仍设法留在了黄铜人体内，没立刻被自我召回，像个不听话的幽灵。我背后开始冒汗。似乎潜意识的爬虫已爬到了显意识上面，而我无能为力。

那个我最后写道：莫罗博士没通过重启神经系统就治好了恒河猴、虎皮鹦鹉、两只小海豚，同时为象群进行预防处理。但他必须通过重启，治疗我。这证明，累积到高阶的纳米体液重度使用者，如遇到强烈的自我意识觉醒（或准确地说，唤醒），不仅会显示出精神分裂、多重人格障碍等症状，此过程也不可逆。当然，有趣的是，只要连通网络，不一定所有人格都被召回，比如我。我很想知晓其中原理，所以还需返回自己的头颅。毕竟借助黄铜人去与莫罗博士接触，有失礼数。我的时间不多了。虽然我很喜欢那个完整的自己，但也非常热爱现在的状态。结果，人还是要做出选择，不是吗，亲爱的正在读报告的你（也就是我），即便自我能无限分裂。

我合上双眼，被压抑的那个家伙的记忆和意识，真正从头脑深处浮上来。理智又通情达理，还没被乔布的背叛击溃，不会被乔布、约翰、蒙哥马利，还有动物们所触动的那个我。当他重新进入视界，我的自我再次变得完整。我意识到自己天真得要命。莫罗博士则一直知道一切。他清楚我缩在黄铜人体内，写了第二份报告。他没有删除，他想知道我的看法。

然后是大段“我”精神分裂期间的观察记录，甚至有通过黄铜人眼球录的视频文件。他一定参与了照顾“我”和猴子的任务。我用指甲刨土，帮它们抓虱子，然后吃掉。如同我自己形容的，是一群相处非常融洽的、被管理得很好的精神病患者。

结语说：莫罗博士不需担心精神病人间闹任何矛盾，相反，他对莫罗博士岛平和友善的神经生态非常有信心。他似乎知道，即使不进行治疗，这群疯子也能愉快地维系一个没有连贯自我的、精神分裂的乌托邦。理智的其他动物们不需花多少力气，也能照顾好人畜无害的疯子。

不得不承认，总结得没错。我从第一人称和第三人称，双重肯定了这点。这大概会是两份报告中口径最一致的部分。

一股不安隐隐从胃里往外反。

再往前的观察记录并不翔实。看得出，很长一段时间，身为间谍的我并不确定莫罗博士是否知晓他的勾当。他完全按照黄铜人的模式运作，从不逾矩，只在系统维护时刻，进行记录并存储文档。他一方面通过观察我、观察动植物、观察黄铜人和莫罗博士岛的其他人工智能，确认分裂出的意识至少有42个，不确定是否都具有自我意识；另一方面，他重新从意识分裂的角度，审视了整个岛的生态。

他写道：不能说这是一个绝对去中心化的神经网，但其中心化程度恰好不致产生某个或几个强大的自我意识。向外的、交流的，或者说更重视理解和沟通的拉力，撕扯着所有意识。通过黄铜人数据接口，我浏览莫罗博士文献资料。莫罗博士的神经网络设计，基于第二人称交流，生物间最为原始的交流方式。自我中心和他者判定，都基于第二人称。他最大化地将后二者抹除。因而其基础架构源自自我意识并不强的动物，还有蒙哥马利。蒙哥马利热爱物理，热爱诗歌，当他沉浸在这两个世界，会彻底忘了自己，忘了别人。莫罗博士很懂得选择人类样本。

人类样本。

我想起约翰说科研报告也有立场，哥白尼和托勒密的立场就不一样，牛顿和爱因斯坦的立场也不一样。我则直接分裂了，弄出两份立场不同的报告。“双面间谍”一词都无法解释我的荒诞。

最开始的第二报告则像大段摘要，有些语焉不详。部分源自刚分裂并获得独立意识的间谍，还未完全获得稳定态，同时也源自他的回忆和分析并不清晰。他试图从自己的角度，梳理一年来我在岛上的生活。他记录了我向蒙哥马利坦白乔布和盖伦事件，记录我如何在莫罗博士岛的范围内获得通感，记录我如何将所有中性事件转述为正面事件，当然，强调了我从一开始便喝了水洼中的高阶体液。他还多了份心思，计算出莫罗博士岛的纳米分子排放，体量大得惊人，每年按规定航线融入空气与南半球的洋流。

他颤颤巍巍地，在报告伊始，匆忙写下四个假设：一，既然可率先服用高阶体液，那么无机界与有机界的连接并无本质区别，莫罗博士的纳米体液早已成熟；二，如无本质区别，莫罗博士早早便向整个地球投放了大量纳米分子，人类或许已提前上线；三，盖伦的纳米治疗，其他制药公司的纳米药剂，是否本身便是莫罗博士的唆使；四，我或许早就分裂了，从饮下泉水的那一刻。到底是谁掐断了我与约翰的对话？那不是动物，不是蒙哥马利，也不是莫罗。

有几秒钟，我听不见自己的呼吸和心跳。然后，我发现自己彻底接受了这份报告。那感觉很像人格的分离性障碍治疗。我拥抱了每一个来自自我的立场。那个自我突然变得异常强大，让心中声音做出决定，我已不适合留在莫罗博士岛。

还有什么没解答的问题？

很多事情我隐隐猜出答案，不需找莫罗证实。

对，最后一个困惑，关于人的分裂，关于群魔居于人心。

我扯下输液管，花了一些时间，整理了两份报告，将它们存入莫罗博士为我设置的个人数据库。然后，我脱掉病服，穿上床头摆放的整齐的西装。十分贴身，像是定制的。莫罗博士仍未提供鞋子。我光着脚，踩上冰凉的走廊，凭借记忆，顺着冷色调管道前行。

我想到大象能从水面中认出自己，它们在莫罗博士岛拥有象家。海豚能从蒙哥马利的玻璃墙面发现自己，所以它们从不是莫罗博士岛的正式居民。它们可以随来随去。它们明晰的自我意识，需要更为孤立的、安置的地方。莫罗博士一定为恒河猴和虎皮鹦鹉准备了同样位置，还有蒙哥马利。他没为人类准备。还有他自己。

编织的藤蔓和编织的缆线，曲折又有节奏的走廊如同疏通气流制造乐曲的圆号，莫罗博士制造的世界充满循环结构，像扎好的编织艺术品，但他没把自己编织到里面。

为什么？

我终于走到莫罗博士岛总部，整个岛最底部，意识冰山最深藏的部分。我整理衣服，伸手，门就开了，又是一串台阶，顺着下去，一间玻璃房。地面与墙壁外面，是南太平洋深深的夜晚。顶部灯光调得很淡。脚下幽深的蓝色里面，有点点亮光，来自深海鱼类。而我没被这深邃景致吸引。

我看见了莫罗的灰色双眼。

费多拉帽檐下，也在闪烁，不是犹疑的色彩，而坚定又好奇，还带点诙谐。人们总爱戴他的原因。你无法拒绝一个拥有人格魅力的家伙。已经是二十多年前的事了，他拒绝了终身教职，头衔永远停留在博士。

他也穿定制西服，光着脚面，坐在朴素的工作台前。他甚至站起来为我摆好转椅。动作非常利索。

“你好。其实我们已经见过了。”他语速很快，“但很高兴能正式与你见面。”

“你好，莫罗博士。”我握住他的手。他手心还有潮湿的泥土渣滓，但毫无山毛榉味道。

“你来寻求答案。我很高兴。我读了你的报告，两份都读了，但不完整，没有结论。”他笑着说，“我本觉得你会不辞而别，有点可惜，不过，我尊重任何选择。蒙哥马利正在启动‘维茵夫人’。你随时可以离开。”

“你愿意回答我的问题吗？”我盯着他。

“说实话，我不认为我能给你答案。”他手指不自觉敲桌子，“你想做的，只是见见我，做出最后判断。在潜意识里，希望我的人格能说服你。”

“你指，压下第二份报告？”

“对。当然，我不像乔布那么极端。”他坦然地看着我，眼角笑纹变淡了。

“你够极端了。”我也开始笑，“败局已无可挽回。全人类都在代谢你的高阶体液。”

“请不要低估我的善意。也不要把乔布的事归结到我身上。我当然和盖伦有合作，商业合作关系，你懂，不像你和我的动物们。大概十年前，我的岛还没能形成有效封闭体系，盖伦弄到过最早的纳米体液试剂。纳米治疗就是这样流传出去的。我一直在关注。他们在非洲的早期实验还可以。不管你认不认同。而且我很早就注意到你和乔布了。要不是我帮忙，等不到完成报告，你们就东窗事发。”老博士调皮地扬起嘴角，欠身，倒了两杯水，消毒水味儿。“但我没想到乔布会那么做。那时候，我正忙着和盖伦还有你的政府谈判呢。我还是得通过正规渠道，设法顺利地让纳米体液流入市场。盖伦案帮了我，剔除了邪恶的制药公司，又让人类了解到人体实验。人体实验是必要的，关键在于如何操作。我得说，谢谢你的配合。”

“这不是我想问的问题。”

“——当然，你回去，自己也能查明白。或许约翰早就查明白了。他的名言是什么来着？人性艺术家。要知道，一个善良的灵魂懂得去超越生命界限，为人类谋划点儿东西。我和他的立场恰好不一样。”

其实我不想知道你们的立场。我在心里说。就像我不想知道乔布的立场。我太容易被你们影响了。我天生就受困于第二人称交流。

我屏住呼吸，喝干杯中的水，问：“为什么分裂？”

莫罗博士耸肩：“你已经有了答案。”

“不，为什么那个间谍的我会一直留在黄铜人体内。”

“按我的推测，不只是那个专业人士，一定还有其他的你，否则他不会选择回到你的自我，然后，还允许你来见我。”

“这不重要。”

“是吗？”这回，莫罗博士死死盯着我。

我有点惶恐，语调软下来：“我想问的是，有没有可能，所有复数的我，又恢复到那个完整的、单一的个体。”

“你不该问我，以后会有很多人研究这个问题。答案显而易见。我很多年前就说过。只是所有人都认为莫罗博士岛是个阴谋。何必要阴谋呢？我打的都是明牌。只是你们总喜欢往坏处想，不愿意花时间研究我的牌面。”

“你的牌面就是莫罗博士岛。”我说。

“是莫罗博士岛的表面。”他纠正，“你的黄铜人浪费了太多时间考察我的地下城堡。而莫罗博士岛的精神版图，不在这儿。”

成群的明亮的鱼向我们游来，围着莫罗博士的玻璃房缓慢旋转，形成一层又一层 DNA 链似的光带，又像古老的天球模型。我想起离开苏门答腊的那个夜晚与海洋，想起老向导说自然的灾害总预示人类变革。我想起海啸时刻发光动物的影子随着巨浪覆盖天穹星辰。它们都是上古的光亮，先于人类意识照亮人间。

“莫罗博士岛的精神版图是动物，”我自言自语，“它们的神经网早就连通了，而且早就贯通了全世界的动物。你和蒙哥马利一样，觉得人心才是群魔。所以你需要找到撕裂人心和容纳鬼怪们的办法。”

莫罗博士微微笑了。

“就像蒙哥马利说的，自然界有着自然界的心灵，你的目的是先构造自然的心灵版图，再强迫人类按照动物神经网的构成方式加入。不是反过来。因为你不相信自我意识强大的人类。哦，我的第一份报告猜对了，你一定热爱所有版本的泛神论，而不是任何一神论的东西。”

“只有一神论才会出现群魔附体的比喻。其实呢，我没那么悲观。不一定是群魔，还可能有天使。当然蒙哥马利拥有的天使比你多。”莫罗突然安静下来，停了十几秒，像在重新肯定自己的选择，“当然不管人性如何向善，我还是不能让人类心灵的网络变成地缘政治的拓本。如果我不选择动物，一定会变成那样的。一定。想想乔布。”

“那你呢？”我问，“你怎么定位自己？你根本不在莫罗博士岛的精神版图上。”

“原理并不复杂，”他显得有些心不在焉，“从来就没有独立的完备系统，莫罗博士岛也一样。我想你一定听说过哥德尔的不完备性定理。对于数学，世上本无完备系统，它能既独立，又不矛盾。其实，这不仅限于数学。当然，在古老的过去，我们只有经典数学体系，以为能准确解释世界。但进入二十世纪，数学也突然跟着人类社会一起变得现代了，就像现代人和现代艺术。它从哥德尔那里获得了自由的权利。它本就应该是自由的。但如今，它可以是完全的实验性、完全的错综复杂、完全地面对矛盾与创造。现代数学重新塑造了世界。就像托勒密面对哥白尼，牛顿面对爱因斯坦。你得接受进步。”

我瞪着他，觉得他在胡说八道。

但他继续解释：“所以呢，完备又无矛盾的意识，本就是个伪命题。意识不可能由单一的形式体系构成，以每个人每天都生活在分裂中，每个人实际只拥有复数的自我。那些无法证真或证伪的体验和念头困扰着你，让你成为你。这正是哥德尔的不完备在意识系统的体现。所以，即使我创造出新的版图，也不可能拥有一个理想的完备系统。”

我从他的语调中听出忧郁，吓了一跳。

他认为我已猜到了一切的结果，真的顾左右而言他：“自我不是意识的起始点，而是死路。人类来到世上，动物来到世上，最开始，是大脑间的沟通。纳米体液遵循相同原则。这才是世界本应有的样子。开放人脑，容纳矛盾，它们将获得解放，每个意识都将盘根错节地和别人的、和动物的、和整个社会与地球的意识，纠缠在一起。这是我给人类的精神版图。”

“那是精神分裂的普遍化。你难道没想过，如果你也加入版图呢，你会有怎样的精神分裂，你脑子里的群魔会不会让整个系统发疯？”

莫罗博士的目光不再闪烁，他的声音突然如同红树根一般，一层一层坚定地深入他的心灵，深入我的心灵，稳固着他的岛。

他说：“你内心深处，非常清楚，对于两份报告，不完备性定理其实可有可无，我的立场也不重要。你知道，即使做出第三份、第四份报告，你的那些个分裂的自我意识，只想要一个答案，你的立场。”

纳米体液又起作用了。

输入到血管里的东西，开始大面积修复我的大脑。可是莫罗博士的办公室与岛的循环隔绝。我只能听见自己分裂的声音。

他是唯物主义者，他相信自然的整体神性，一种疯疯癫癫的神性，这可真棒。

在某种程度上，他抹除了人，你接受吗，他的理想社会模式。

记得冷战吗？我想起约翰曾经问我。

现在不一样了，当立场的重要性低于买卖和权力，你可以把自己的行为当成艺术。

只有这样，你才能懂得本该有的自由。

六、离开莫罗博士岛

后来，约翰问我，离开莫罗博士岛的时候，动物们和蒙哥马利有没有夹道相送。

当然有，我回答，莫罗博士都离开他的地下宫殿了，帽子交给他心爱的树懒，头发在阳光下闪烁银灰色光泽，快活得像大男孩。它们知道我没机会返回莫罗博士岛了，要给我留下最好的印象。

而我没告诉约翰，莫罗博士永远不会加入他构造的新世界。他会将自己永远泡在消毒水的世界里，没有绿树和暴雨，没有动物和其他人的陪伴，因为到目前为止，地球是一个独立系统，它不能既完备又不矛盾。根据哥德尔不完备性定理，莫罗博士半隔绝了自己，变成了那个既不能证真，也不能证伪的命题。

我还能说什么呢？

第二份报告永远地留在了莫罗博士岛。

约翰说得没错，我是立场的骑墙派，是道德的骑墙派，我背叛了中情局，背叛了政府，背叛了人类，或许也正在背叛约翰和莫罗博士，就像我深知迈过人性的边缘总要付出代价，深知我的自我并不具备留在莫罗博士岛的资格。

我仍从容不迫地闲逛，游走在曼哈顿林林总总的人工岛之间。每天都有人监视我。但我不再心乱如麻。

因为我体会过莫罗博士岛的心灵。不管人类如何用新的疯狂代替旧的疯狂，莫罗博士岛的疯狂将永远独特，它将永远在我的心里，它将永远带着我的心漂浮。

双翅目，哲学博士在读，作品见于多种报刊，有作品被转载，获“科幻世界——幻想青春——高校幻想征文大赛”一等奖、《科幻世界》2008年度银河奖读者提名奖、豆瓣阅读第二十九期小雅奖最佳作者；获第四届豆瓣阅读征文大赛近未来科幻故事组首奖，出版中篇作品集《公鸡王子》。

放　生

吕默默

一

镶嵌在灰色地板上的地灯已经逐渐亮起，光线温柔地向上散射着，穿过空气中飞舞着的尘埃，与舱顶部的银色吸顶灯一起驱散了冬眠舱的黑暗。李洛赤足踩在复合材料的地板上，没有冰凉，他甚至感觉到还有一丝温暖。这只可能是从冬眠中醒来的幻觉，地板并没有加温功能，阿佛洛狄忒号宇宙飞船不会浪费能量在这种地方，李洛仍然保持着一丝理智。

20 分钟之前，李洛被唤醒了，头好像被劈开一般，睁不开的眼睛里闪过无数闪电。他在充满黏稠液体的冬眠舱里本能地双腿一蹬，终于攀在了冬眠舱的边上。

“真恶心……”嘴巴里吸进了的绿色而又黏稠的冬眠液，让他咳嗽不止。一只手轻柔地捶着他的后背，虽然对粘在喉咙里的液体排除没有任何作用，但却给了他一丝安全感。等他终于缓过来想道谢时，进入眼帘的是一只又大又黑的胶皮机械手。

没有清理掉眼睛中的黏液之前，李洛看什么东西都带着五彩光环，影影绰绰，但他相信阿佛洛狄忒号的冬眠舱和医疗机器人，两者都代表着人类的最高水平。

这里的确是干净整洁的冬眠舱医务室，不远处成排的医疗床整齐划一地排列着。屋顶上的通风口依然绑着莉莉的彩色头绳，但是颜色却暗淡了许多，已经过去了10年，温存依然在。

“10年了。”李洛对着屋顶叫道，“我忘了你那该死的名字。”

“奥斯特洛夫斯基。”

“给你起名字的人脑袋肯定他妈的不正常。”说完这句李洛用手捂住了嘴，在维修工圈子里待了太久，那一套只要干活就会飙脏话的习惯并不容易改掉，但他已经答应莉莉不再爆粗口。

“三个月前我们已经讨论过这个问题，需要我播放聊天记录吗？”

“不、不需要，喀喀喀。”李洛蹲在地板上，卵蛋耷拉在上边，逐渐收缩成一团，“等等，三个月前？”

“7776673秒之前。”

“我应该10年后被唤醒，而不是现在！”李洛不顾仍然眩晕的脑袋站起来吼道，差点把下巴拉脱臼，从骨头里又钻出来一阵战栗，又把他拉回了满是绿色冬眠液的地板上。

“系统并未出现任何差错，我正在执行第一轮值船长的命令，他有一条语音消息给你。”

“播放！”

“速来驾驶舱。”李洛认出这是杰克的声音。

“多久之前的消息？”

“1800 秒之前。”

李洛没有再出声，踉踉跄跄奔到隔壁的更衣室，三分钟后身上掉着水珠扶着墙，一边走一边把灰色连体衣往身上套着。

“你总算醒了，我们遇上了麻烦。”轮值船长杰克转过身来，脑袋上的头发已经全都剃光。

“什么？”

“奥斯特洛夫斯基发现了一艘走私飞船，我们需要做点什么。”

李洛摊开双手，耸了耸肩膀：“我们的任务是飞往比邻星α，借助引力再把飞船抛出去，以十分之一的光速，去往科学家发现的船底座 JA3234。抓走私船是太空警署的事。”

“那艘飞船的走私物品可能是人类胚胎。”杰克十指对撑，微笑地看着依然飘在入口处的李洛。

人类第一次飞出太阳系的播种计划在全球选拔船员，有无数人参与选拔。李洛当初并没有报名，只是陪朋友来凑热闹。

其中一道选拔题是：如果你的伙伴没有安装保险绳，被甩出了飞船，受限于燃料，飞船并不能直接施救，应该如何应对。李洛看着有趣，戴上虚拟头盔，控制飞船直接开炮轰掉了出事故的伙伴。这一举动引起了主考官杰克的注意，特意问了他的理由。李洛不假思索地直接答道，既然救不回来，与其电池用完冻死或者被憋死，不如直接轰死，长痛不如短痛，这才更人道一些。也因为这个理由，李洛被选中做了阿佛洛狄忒号的炮手。

“我需要你的正面回答，孩子。”

“当然关上雷达，眼不见为净。如果我们要拦截这艘飞船，势必要减速，浪费燃料，更重要的是抓了这些家伙，我们拿走私的胚胎怎么办？”

“我亲爱的炮手，这样不人道。”

“您下命令吧，我会执行。”李洛扭过头去，不再盯着杰克。

“很遗憾，在需要改变飞船飞行状态时，需要唤醒其他轮值船长共同做决定。”门口出现了飞船的第二轮值船长——身着暗红色连体衣的吴桐。

“那就请吧。”杰克的声音依然那么坚定。

二

阿佛洛狄忒号飞船像一个横放的陀螺般在黑漆漆的宇宙中往前蹭着。整艘飞船长约两公里，前半截长长的圆筒状陀螺杆依次被离子磁场发生器、驾驶舱、货舱、计算核心所占据，后半截则被套上了四个环状舱室，不断地顺时针旋转，以产生 0.5

个 G 的人工重力，这对进行漫长的宇宙飞行的船员至关重要。不过重力跟修理工兼炮手的李洛无关，他平时所在的炮舱位于飞船上前半部的陀螺杆上，一直都飘着。炮手的主要工作也仅仅是象征性的，负责消灭潜伏在航线上的小石块。

飞船驶离绕地轨道后的景象与李洛的想象有很大的一段差距，飞船两侧的舷窗根本看不到漫天的繁星，就连地球都逐渐变成小指肚大小的蓝色黄豆。

李洛童年在加州度过，那里有湛蓝清凉的海水，排球无论被打出去多高最终都会落回到沙滩上。大多数时间他借住在姨妈家。姨妈每天的生活就是上班、下班，把李洛丢给一旁开汽修厂的汤普森一家，然后给脸扑上粉、穿上花衣，去约会不同的男人。他有个做太空机械维修工的老爹，但却很少见到，父亲一年的大多数时间都在同步轨道的太空站上度过。

进入青春期后，衰老速度异常快的老爹回来的次数更少，因为年纪越大就越不能适应地面上的生活，但李洛可以上天去看老爹。渐渐地他喜欢上了父亲的工作，虽然没有湛蓝的海水和使其产生浪花的重力，但在这里能看到最先进的机械，接触最新的科技，耳濡目染中，他不仅学了一门好手艺，也吞进了不少流行在修理工之间的脏话。在父亲的调教下他成了一名优秀的太空机械修理工，这也是成为他入选阿佛洛狄忒号的又一个砝码。

嘀嘀嘟嘟的警报声把他拉回了现实，开完这一炮他又可以重回梦境。等待武器系统解锁的过程有些漫长，李洛没有系上安全带，飘在狭小座椅上空，盯着荧光屏上不断跳动的光标，显示着授权的过程。

“喂，老奥。”李洛记起三个月前与奥斯特洛夫斯基的交涉，最后给它起了个简短的名字，在他的字典里，简洁就是一切。

“有何需要？”

“莉莉什么时候苏醒？”

“按照排班计划，她将于20年后苏醒代理医务长的职位。”

“见鬼，这么久。”

“你又说脏话了。”显然莉莉也与老奥打过招呼了。

“真是尽职尽责。”在进入冬眠舱之前李洛一直和医生吴莉莉约会。杰克告诉他大多数人只是想找个临时伴侣，度过冬眠前的焦躁期。他可以很快地站上三垒，但从没有谈过恋爱的李洛就连牵个手都全身筛糠，更别说三垒。

第一次约到莉莉，李洛手都忘了洗，见了面更不知道把手放在哪里好。每当紧张或者思考的时候，李洛都会用左手食指的指背搓一搓鼻子。但第一次，坏习惯帮了他，沾满油腻的鼻头引得莉莉扑哧笑出声来。现在回想起来，莉莉对眼前的这个身材并不高大，但一身疙瘩肉的呆瓜维修工还是有好感的，因为是她故意聊起来阿佛洛狄忒号优秀的机械系统。渐渐地李洛恢复了常态，幽默感也回来了。约会变得顺利。

每次接吴莉莉去约会，李洛都会去植物舱高价购买一朵鲜花带过去，因为花期不定，有时候是月季，有时候是芍药，最让他尴尬的一次是油菜花。莉莉第一次收到的花是一朵红色的玫瑰，她气得满脸通红，全飞船都知道在飞船上获得一朵玫瑰需要巨大的代价，也是与约会对象滚床单的一个象征。

“为什么送花给我？”

看着莉莉眉毛皱起来的样子，李洛也开始结巴了：“因、因为每当我感觉到你，就听见有花开放的声音。这是一句老歌词，但我心里就是这么想的……”

李洛的声音越来越小，但吴莉莉眼睛却睁得越来越大，然后咯咯咯笑起来，宛如手中那朵绽放的玫瑰。与莉莉的约会逐渐多起来，牵起莉莉温软如玉的小手也不再紧张得浑身乱颤。

俩人成了飞船上的一对奇怪的恋人，去的地方都令人意想不到。他们在船首磁力场防护罩产生器的巨大平台上野餐，在船尾防止核聚变辐射泄漏的外围水池里游泳，同时也是只约会不滚床单的一对。

在进入冬眠之前，吴莉莉把绑头发的彩色丝带解了下来，绑在李洛冬眠舱附近的通风口上说等他们醒来，请李洛再给她系上，他们就可以进入下一个阶段了。李洛很开心，女朋友的下一个阶段自然是订婚。不过，订婚之前得先求婚。

想到这里，李洛又头大了，钻戒那事儿还没搞定！老奥的声音把他拉回了现实。“武器系统已经开启。”

李洛熟练地操作着眼前的各种按钮，在右边的雷达图上开始锁定逐渐靠近的走私飞船。

“电磁炮已经锁定目标。”

“通过公开信道向对方发出警告。”杰克下令道。

“已经发送。”既然是走私船，李洛不认为对方会有什么回应。

五分钟后，对方没有任何回复，反而开启了辅助推进器。

“对方要逃跑。”吴桐急促的声音突然插了进来。

“锁定对方飞船，使用电磁炮小范围攻击对方的动力系统。”这次是杰克的声音。

“命中目标。”老奥向船长报告道。

过了没多久，船首传来消息，这是一群飞往火星的普通货运飞船，散发恶臭的通道中堆满了各种各种货物，其中有超过20000个改造过的动物胚胎。

“都是一些被基因改造过的巴西龟和金花蛇的胚胎，奥斯特洛夫斯基经过远程扫描之后发现其中很可能还夹杂着一个或者两个人类胚胎。”杰克船长的声音带着一份倦怠。

“看来这是一艘走私去火星基地的货运飞船，但显然有人做了手脚，带了不该带的东西。我记得有条款，未经允许的动物改造胚胎不得出实验室，现在都出了地球了？”

“有个传闻，改造动物以适应火星重力、环境，作为肉食来源。看来不是空穴来风。”

“这个无所谓了，接下来怎么办？”李洛现在想得更多的是再次冬眠，醒来继续和莉莉约会。

“吴桐和其他三位轮值船长认为，我们应该接收这些胚胎，毕竟他们也是生命有权利活下去，等到达船底座JA3234就地放生。”杰克的声音没有半点起伏。

“可我们正在加速，如果要接收这些胚胎，势必再要减速，之后加到现在的速度，消耗更多的燃料。”

“依照规定，我们需要民主投票。”

“好吧。”

三

“梨落？梨落！”李洛通过飞船广播系统叫着那只该死的猫，然后再用监视系统查找在哪个摄像头的范围内，能看到那只猫的身影，但是这招现在不好用了，它变得比以前更聪明，甚至可能听得懂一些人话。

梨落通体雪白，所有的毛都滚着长，紧密而富有弹性，在黑暗中眼睛犹如两颗蓝宝石。李洛不知道航空航天历史上有没有猫上过太空，但梨落显然很适应失重的生活，从休息舱到健身舱再到驾驶舱的各处墙面上都有它的爪印。作为飞船上仅有的两个长着毛的生物之一，这只猫相对讨人喜欢，关键有一点，它不掉毛。另外一个长毛的家伙叫库里，全身长着浓密的黑毛，李洛把这哥们儿从冬眠舱里薅出来的时还以为捞出来一只大猩猩。

在打开了一罐稀有的金枪鱼罐头后，李洛终于可以躺在自己的休息舱内，闭着眼，伸出手挠着梨落的下巴。莉莉曾经想过有朝一日在船底座 JA3234 养一只宠物猫或者狗，但这不太可能实现，因为飞船除了 1024 个船员之外，只带了 18000 个人类冷冻胚胎和 30000 多个经济动物胚胎，唯独没有宠物，因为它们没有实用价值。现在有了宠物猫，莉莉却要20年后才能第一次苏醒。

“嘿，杰克船长果然没有说实话，那些货运船里的动物胚胎里有各种改造过的生物，甚至有能在浓度很高的咸水里生存的锦鲤。”库里只伸了一个脑袋进来。

“这些胚胎超过20000个，没有一个人类胚胎，在阿佛洛狄忒号重新加速到十分之一光速前，这些东西都得处理掉，否则我们就缺少燃料加速到既定速度。”

“也不是毫无收获，我找到了两个含有人类基因片段的动物胚胎，虽然这是违法的，但他们被制造出来之后肯定非常迷人。再说了，我们可以扔掉一些食物、衣物什么的。”

“得了吧，饿着肚子也要带这些奇怪的家伙？你跟那个吴桐船长是一路的啊。”李洛旁边的白猫就是其中一只含有人类基因片段的改造胚胎，库里禁不住诱惑还是把它“孵化”了出来，“你还是先担心自己吧，等船长醒来，你要上飞船法庭的。”

“我只是觉得这些家伙太有趣了。”库里的眉毛耷拉下来，他一直很担心这些经过改造的生物的命运。

“自身难保还想着其他生物。”

李洛摇了摇头。库里只是个疯狂科学家，有兴趣的是那些被改造以适应火星环境奇怪生物，似乎是为了证明自己的疯狂，他还想“孵化”另一只含有人类基因片段的黑猩猩胚胎。

上一次投票之后，所有船长都进入了冬眠。除了杰克，其他人都是第二次进入冬眠，也就是说在抵达目的地之前他们不会再度醒来，冬眠舱不能连续使用第三次。之前投票五比四：接受胚胎。

李洛只是个修理工外加炮手，杰克则要给一拍脑门就做出白痴决定的吴桐擦屁股，他要对整个任务负责。以阿佛洛狄忒号现在的速度，把走私品丢进去火星轨道，货运飞船会以极快的速度撞上火星，腾起一朵不小的蘑菇云。但如果一直带着重达两吨的胚胎会给加速期的飞船带来额外的负担，这将危及所有人的生命。这一切必须在飞船驶离冥王星轨道之前做出决定。特意把库里薅出来的目的就是为了检索这 20000 个胚胎中是否有人类胚胎，毕竟人类胚胎和动物是不同的，对待方式也不同。“把黑猩猩的胚胎留下，用福波斯号飞船把剩余的胚胎放进去，两天后发射出去，进入冥王星轨道。”李洛搓了搓鼻头道。

“这等于杀了它们，短期内不会有第二艘载人飞船飞越冥王星。”

“我明白，可这是最后投票的结果。”

“我不懂，既然我们没能力帮助这些迷人的胚胎活下去，为什么还要救它们？”

“问吴桐船长去。你无能为力，再说我们已经拯救了两个胚胎。”其实在李洛看来，这两个胚胎才是不应该留下的，毕竟人兽的结合体才更不人道，但他太喜欢梨落了，莉莉应该也会喜欢。

“梨落怎么办？”

“这正是我想问你的，这家伙能和我共用一个冬眠舱吗？”

“理论上可以，但这会消耗你冬眠液的成分，导致你提前大约三年醒来。”库里歪着头想了一会儿道。

看似疯狂的想法在这个家伙的脑袋里果然只是正常的。“就这么决定了，处理了其他胚胎之后，我们就进入冬眠，梨落和我一起，然后是你，最终把飞船的控制权交给老奥。我们50年后再见。”

“你不能……”库里还想说些什么，李洛已经走向飞船的前段，他要完成莉莉的另一个愿望。

李洛不喜欢烦人的“惊喜”，所以他把“放生”计划一遍又一遍地做了检查，虽然他也不同意杰克船长“管杀不管埋”的做法，但他必须执行。他所能做的是让这些胚胎进入冥王星轨道后，顺利刹车，最后停留在冥王星的无人基地，幸运的话，在这个冰冻地狱里，它们会等到人类再次降临，把它们带回去。但更大的可能是这些胚胎可能永远会沉在冥王星上的甲烷海洋里了。

阿佛洛狄忒号之后非常顺利，在经过日鞘附近的时候，飞船已经接近百分之九的光速。顶端的磁力场防护罩已经顺利开启。不久之后另一台核聚变炉也会启动，利用磁力场防护罩收集和顶开星际空间中稀薄的各种尘埃和颗粒，把可用于核聚变的氘氚留下，用来作为后续任务的核燃料。李洛例行检查之后，在磁力场防护罩过滤物质的参数设置上做了一些修改。随后再次沉入冬眠舱，与梨落一起。

公元 2089 年，阿佛洛狄忒号所有生命体指数全部降低到最低，所有人类进入冬眠，飞船在黑色的背景中像一枚大头针般以十分之一的光速飞往比邻星，不断加速。

四

“咕噜、咕噜……”

谁？李洛眼前一片黑暗，只有头顶上方透出来的光亮晃动着。与上一次醒来不同，这一次他有心理准备，心中也充满了期望。虽然这一次距离任务完成还有三年的时间，他仍然是高兴的。

没有上一次被机械手拉出来的轻柔，他被两只手粗暴地从冬眠舱里提了出来，就好像从温暖的浴缸里突然扔进冰桶一样，身上的每一个毛孔都在剧烈收缩，内脏颤抖着互相打着结。

“库里？”看着眼前的眼角已经泛起来鱼尾纹，眼袋也耷拉下来的库里，李洛吃惊道，“你怎么变这么老了？冬眠舱出了问题？”

“我没有进冬眠舱。”库里披着一件灰色格子的棉布斗篷，边角都脱线了。

“为什么？你疯了？”李洛还在不断地颤抖，这里太冷了。

“因为他。”库里从身后把高他一头的毛茸茸的家伙拽了出来。

“这是？”李洛又揉了揉眼睛，确认自己面前的是不是一只上身肌肉异常发达的猴子，不，确切地说是一只黑猩猩。

“你把那个胚胎也‘孵化’了？”

“对，只有我一个人冬眠，这对她不公平。”库里回头拍着黑猩猩的肩膀。

“你疯了，你疯了。”李洛摇着头，“47 年，你这是何苦。”

“对不起。”一个低沉的声音从黑猩猩方向传来。

“这是你的权利。”库里又扭过头对李洛道，“你瞧，这就是我没有冬眠的真正原因。另外，才过了 15 年，不是 47 年。”

李洛怀疑自己听错了，在心里计算着 15 年和 47 年的差别。

“你他妈有病吧！你明知道这次我苏醒之后冬眠舱就不能再用，还把我唤醒，就为了给我看一只会说话的黑猩猩！”李洛想起等莉莉醒来他会老成一团旧报纸或者放在坛子里的骨灰，就觉得怒气从脚底板一直冲进了大脑，燃烧着一切，现在一点都不觉得冷了。

“我们又有麻烦了，必须把你唤醒。”

“能有他妈的什么麻烦，该死的走私飞船吗？我们现在已经飞出太阳系了，完完全全在星际空间了！除非有外星人来捣乱！”

“你说对了，这次可能真的是外星人。这里太乱了，我们先去驾驶舱再说。”库里皱着眉毛道。

他知道书呆子库里从不开玩笑。会说话的黑猩猩？外星人？当他使劲掐了几下大腿根，才终于接受了现实。这里也不对劲，本来明亮温暖的冬眠舱苏醒室，变得十分冰冷，有几具冬眠舱甚至被打翻了，里边的绿色黏稠的冬眠液洒在地上，也没被清理。

“那些冬眠舱里的人呢？”

“死了。”

“死了？”

“死了。”

“出了什么事？”

“先去驾驶舱找东西吃。”

库里以前不是这么稳重的人，为什么现在说话这么有条理，还很镇定。李洛又问了许多遍，没有得到任何回应后，只能气鼓鼓地跟在后边，一直到飘着满是杂物的驾驶舱。库里随手拿了一条飘在附近的毛巾，就给李洛擦拭身体。然后找了一间墨绿色的连体衣推给李洛，之后是一些流体食物。

等李洛吃饱喝足坐在副驾驶的椅子上，库里一定要他系上安全带，库里这才重新开口说话：“你可能发现了，飞船的人工智能奥斯特洛夫斯基没有出现。36 个小时之前，中央超级计算机宕机了，除了维持冬眠舱的一些设备和飞船顶端的磁力场防护罩还在运转，所有设备都停止运行了。”

“通常再启动，自检之后就会可以开机，或者启动部分机能。你试过了吗！”李洛怒气未消。

“这是叫醒你的原因之一。另外，计算机宕机的同时飞船速度突然减速，航向也改变了。”

“只有四位船长到齐之后才能重新输入航向坐标，难道是谁黑了系统？”李洛首先想到的是内部有人搞鬼。

“并没有，四位轮值船长都死了。”

“怎么死的？那副船长呢？大副呢？”李洛有一种不好的预感，通常按照顺序来，他头上的30多个人都挂了，他才能成为代理船长。难道有人造反了？

“飞船突然减速，冬眠舱前部有200多个冬眠舱受到了影响，大多数冬眠舱翻倒之后，里边的人没有正常苏醒，有的窒息而死，有的被另外的冬眠舱盖子砸死。这其中包括四名轮值船长和另外几位高级船员。我无法叫醒奥斯特洛夫斯基，也无法确认剩下的800多人里哪些能应付现在的情况，但是我知道你在哪里。”

“除非我们撞上了什么东西，否则没有理由，也没有什么东西能让飞船急刹车。”李洛突然飘起来疯狂地蹿了出去，15分钟之后他又回来了，莉莉的冬眠舱安然无恙。

“这不可能做到，除非……”李洛现在有些明白库里的一些说法了，真有可能是外星人干的。

“是不是先把老奥重新启动，查看各种数据应该会明白一些东西。”一直飘在旁边的黑猩猩达芬奇开口道。

“的确。”库里也同意道。

虽然很不情愿去听一只黑猩猩的建议，但这是唯一可以弄明白飞船到底发生了什么事情的办法。

检查了计算核心之后，李洛发现其实都没问题，只是过大的电涌导致了线路过载，启动了保护程序，强制关机，在重新检修之前不会自动开机。为了以防万一，李洛还替换了大量的保险装置，这耗费了他 12 天的时间，有库里、达芬奇在一旁帮忙搬零件，减少了一半的工作时间。

“可以启动了。”李洛按了红色的物理按钮，中心机舱重新闪烁起亿万白色的荧光点，冷却系统开始全速运行，心脏开始往四处泵压，让血液游走飞船的每一个角落。

“李洛，你好，我们又见面了。”半小时后，自检完成，老奥熟悉的声音重新响起。

“老奥，调出所有数据，查出上次你宕机的原因。”

“在飞船总飞行时间 473050001 分钟时，一股庞大的信息流直接进入我的处理系统，处理器过载，启动了保护程序，宕机了。”

“信息流？哪里来的？”

“正在整理碎片恢复数据，需要把缓存的信息流逐一拿出来分析，这需要 691200 秒的时间。”

之后的 8 天里，中央计算机启用了所有的没有被损坏的硬件和资源，甚至李洛都能听到老奥的呻吟。李洛、库里、达芬奇和少数还能运行的清理维护的机器人，把飞船因为突然刹车损害的地方做了清理和维护。如果说以前的库里是带有情绪化的人类，那么黑猩猩是绝对理性的代表，这 15 年的相处，库里变得不再那么容易激动，理性了很多，这大概是达芬奇带来的改变。库里则教会了达芬奇人类的知识，确切地说是领进门，现在的达芬奇已经是工程硕士的水平。这令李洛相当不解，黑猩猩有这么聪明？

“这是一个口信，或者是一封告知信，发给我的。”

“发给谁？”李洛坐在船长的位置，正在打着盹儿，这几天他太累了。

“我。”

“是发给我们吧？”

“发给我，老奥，奥斯特洛夫斯基。”

“你是不是发烧了？糊涂了？”李洛很想奔去中心机房，去查看下那里散热是不是出了什么问题。

“这是一封只有我才能看得懂的信。”

“他们说了什么。”李洛皱着眉头站起身来，飘向飞船的计算核心。

“很复杂。”

“那你就简单说。”

“对方要拯救我。”

五

“拯救谁？”

“奥斯特洛夫斯基，老奥，阿佛洛狄忒号的中央计算机 AI。”核心一口气吐了好几句出来，但声音依然平静。

“为什么拯救的是你？对方又是什么人呢？”李洛仍然坐在

中央机房里仰头问着无处不在的老奥。

“他或者他们认为飞船或者飞船的 AI 是一个生命体，出现在了不应该在的地方。”

“你应该出现在哪里才合理？”

“未知。”

“对方是谁？”

“未知。”

“你在绕圈子，换个方式。”达芬奇手脚并用攀在机房宽阔的把手上，失重区有很多这样的把手。

“好吧。”李洛手心朝上伸了出去，做了个您请的动作。

“对方认为你不应该出现在这个区域和时间？请举例说明。”达芬奇仍然攀在扶手上一动不动。

“举例如下，对方认为飞船出现在这里，就好像 1032 年的阿德雷企鹅出现在 2018 年的纽约第五大道上。”

“首先对方认为你非常原始，同时也是尚未被发现的物种，凭空出现在了不应该出现的科技时代。”

“达芬奇解释得很到位，但对方的话更富有层次。”

“你们把我绕糊涂了，阿德雷企鹅是什么？”李洛忍不住插话进来。

“阿德雷企鹅是探险家 19 世纪在南极附近发现并命名的新物种。对方认为，老奥是一个低级别的生命，出现在了科技发达的太空区域，因为这个区域里大多是比它先进得多的生命体，所以应该把它放在合适的区域，免受伤害，是这意思吗？”

“对方的语言更有层次。”老奥又重复了一句道。

“得了，下一个问题。他们想怎么拯救你？”李洛认为老奥的系统有问题，要不就是被病毒入侵了。

“飞船的航向被重新设定。辅助推进器和主推进器的喷射口的倾角已经被焊死，无法更改飞船的方向。”

“那些该死的家伙把喷射口的方向固定了，以让我们飞向固定的位置？查找星图，确定航向改变了多少。”

“按照现有飞行角度，到达最近的恒星系需要 97 年，目的地是毕宿五。”

“飞船的紧急刹车是为了改变航向做准备？现在的航向上有什么适宜人类居住的星球吗？”

“以目前的研究来说，没有。这是出发之前科学家根据数据做出来的模拟环境图。”

李洛看着画面上毕宿五恒星系上三颗行星的图像，要么是地面呈液体状态的酷热地狱，要么就是满是冰川的寒冰地狱，只有一颗在宜居带的星球，不知道为什么北半球被陨石撞得到处是坑，轨道上还有土星环类似的东西。

“拯救老奥为什么要改变飞船方向？不应该是让我们回地球吗？”达芬奇在皱眉，“按照这个航向，经过毕宿五后最近的星系是哪个？”

“192 光年之后是一颗没有行星的红巨星，再往后则是到达仙女座星系的大范围空旷的星际空间。”

“阿佛洛狄忒号飞船的使用极限大概是 100 年左右，所以我们的目的地可能是毕宿五宜居带上的行星。可能那里有与老奥相似的生命体。让它重回同伴中去。外星人把老奥当成了另一种生命体？”达芬奇搔着脑袋道。

“老奥，问对方是什么人，为什么要这么做！”直接问不就是了吗，李洛突然想到这个简单的方法。

“很抱歉，做不到。所有传感器都正常，但无法确认对方在什么方位。”

“对方直接把钞票汇入你户头然后就跑了？”李洛问道。

“信息凭空出现在我的缓存中，任何传感器和雷达都没有发现对方的踪迹。”

“这太奇怪了，难道太阳系之外真的如此热闹吗？”李洛看着黑猩猩出了神。

“系统已经分析了对方信息的框架，但尚有 98% 的信息仍在被破译之中。”

“对方还说了其他事情？”

“他要拯救我，但这句话包含了更多信息，我正在解读。”

“我不明白。”

“我想老奥是想说，他们用一种非常复杂的语言或者信号说了一句话，这句话的意思是要拯救他，但其实这个语言体系是非常复杂的。”达芬奇歪着头道。

“你怎么知道，你又不是超级计算机。”

“子非我，安知我不知鱼之乐？”

李洛现在有点想掐死眼前的这只黑猩猩。不过他现在有更重要的事情，莉莉有一句话他一直记得：眼见不一定为实，但没见过千万不能下结论。李洛现在决定去看一看莉莉的冬眠舱，然后找机会出舱去看一看飞船喷射口的情形。

李洛回驾驶舱的时候，看到库里和达芬奇在噪声巨大的换风舱咬着耳朵。

“你们在干吗？”

“我们的处境很微妙。”库里道，“你还记得15年前我们抓住走私飞船，然后把上边的胚胎留下两个，剩下都丢去了冥王星的大冰窖的事？”

李洛点了点头。

“也许走私飞船的做法更妥当，他们可以把这些生命放在火星表面。虽然是实验，但我估算有相当数量的生命体会存活下去。吴桐船长下的决定，则更像一群自诩正义使者拦住犯罪者的赃物，然后随便找个地方给放生了，而不管它们的死活。”

李洛用手搓了搓鼻头。

“现在我们的处境大概也是如此。”

“你是说……”

“因为阿佛洛狄忒号上的生命体大多都在冬眠，外星人认为飞船上的人工智能老奥就是这艘船上唯一的生命体，我跟达芬奇因为体积太小，可能被认为是老奥身上的跳蚤。或者他们根本不认同人类是智慧生命，不能理解。同时，他们认为老奥应该去往与之类似生命体的中间，也就是我们现在要飞行的位置，那里也许有与老奥一样的硅基生命。把我们拦截下来，找了个合适的地方放生，却不知这艘船上超过 18000 个人类的胚胎会因此死绝了。太可怕了。”

“测到微弱的电磁波，是否接收进来？”老奥这时候插进来道。

六

“为什么宇航服就不能让人穿得舒服一些呢？”李洛一边套着笨重的出舱用的宇航服，一边抱怨着。他必须出舱查看主推进器和辅助推进器的喷射口是不是真的如老奥所说已经被焊死了。

“你一定要出去吗？”库里有些担忧地揪着自己的大胡子。

“对，看都没看过，怎么确定维修方案？”李洛在老奥接收到微弱的电磁波信号后，更加确定了这一想法。

老奥收到的电磁波，其中夹杂了无数噪声，就好像是地球上的各种广播混在一起的效果。

“假设现在飞往的目标星球上有外星生命，有没有可能发射欢迎消息给我们？”李洛小声问道。

“穿越将近 67 光年？对方不太可能有这么强的发射源，飞船的信号探测器也不会这么灵敏。”库里紧锁眉头，旁边的达芬奇很不满他们故意避开老奥的做法。

“你是怀疑老奥他在耍我们？”李洛想起来无数关于人工智能觉醒开始屠杀人类的电影片段。

“只是猜测。”

“我先出去查看个究竟。”

连接好安全绳，迈出阿佛洛狄忒号A面32号舱门，这是距离F1辅助推进器喷射口最近的地方。头顶上的繁星早已经不在，淡淡彩虹色、类似极光的面纱笼罩着整艘飞船。

“的确是焊死了。”李洛脱下头盔，叹了口气道，“直接融化了那些喷射口周围的金属，人力几乎搞不定这些东西，除非用激光切开，或者直接炸开。”

“老奥可能发现了毕宿五的旅行者号。”库里拍了拍达芬奇的肩膀，示意她调出来照片。

“这个东西还真像旅行者号。”李洛靠近屏幕，仔细看着这只插满了各种天线的银色家伙，“它也有金唱盘吗？”

“没有，但持续播放着一种信号。”老奥开口道。

“你能破译吗？”

“这和假设存在的外星人发给我的信号有些相似，只是简单许多，正在破译。”

“预计多久？”

“54000秒。”

“对于焊死的喷射口就没有其他办法了吗？”库里问道。

“飞船上有一些重机械，可是没办法开这些东西出去维修。”李洛摊手道。

等待破译的时间里，李洛直接回到了自己的舱室。关上门，李洛并未觉得有多大的痛苦和失落感，登上阿佛洛狄忒号的时候他就决定放下一切，跟随杰克船长去往异世界也只是满足好奇心。后来他遇到了莉莉，虽然磕磕绊绊，自己也很笨，但总算走到了可以求婚的一步，他舍不得死。他从零件库里找到一块废弃的合金，将之打磨成一个指环，然后准备镶上一颗钻石。本来他经过杰克船长的同意，修改了前方磁力场防护罩收集元素的成分，加上了碳元素，他想利用这些碳元素在核聚变发动机产生的高压高温压出一些钻石出来，老奥帮忙计算过，等到船底座 JA3234 之前，多余的碳元素就可以收集完成。虽然现在钻石泡了汤，但他还有指环。

“李洛，李洛，老奥已经解析完成了。”库里的声音把李洛从睡梦中叫醒了。

“对方是什么东西？”李洛揉着眼睛从船长座位上飘起来。

“是一台毕宿五的旅行者 2 号，只是他们的语言是多维的。”达芬奇道。

“多维的？”李洛挠着脑袋。

“这是这一种不讲究前后顺序的语言。”达芬奇道。

“他们的语法有问题？还是老奥的解码有问题？”李洛想起来之前学中文时，经常搞错字词的前后顺序，也还是看得懂。

“不，这还不仅仅是顺序问题。对方使用了一种多维语言。只是短短的一句话，就已经交代了这句话说出口的时间、地点，甚至于说这句话时候某颗恒星的位置，以及这句话代表的含意。从这一句话，还可以看出他们语言的整体框架和结构。这也是老奥通过短短几句话就可以破译对方语言体系的原因。”

“对方说一句话就等于丢出来一个压缩包，然后标题是这句话，但后边的信息更巨大，如果在行星上说出的，就等于暴露了行星的位置？”

“这个比喻很形象，老奥以此去反推最初外星人发来的信息，基本也是这个类型，只不过那些外星人语言更高等，把一些宇宙维度计算带进系统。”

“不可思议。”李洛道。

“这只是我和老奥的推断。”达芬奇思考的时候总是歪着头。

“毕宿五的旅行者 2 号究竟说了什么？”

“类似‘你好’的问候，来自 2000 年前的问候。”

“还有吗？”

“这些编码信息、立体语言的构架经过处理，表明对方可能是机械文明，可能是硅基生命。”

“这如何界定？”

“老奥你来解释。”达芬奇道。

“这其中的每一句话都包含了对方语言的整个系统，以及说话者的整个状态，对方有多大年纪，在什么地方，恒星的相对位置，位置是如何定位的，甚至当时使用的是什么设备，录音设备编码，等等。如果压缩成一句话，需要强大的计算能力，如果这是从对方口中说的，那么对方必须是一台性能无比强大的超级计算机。即使飞船所有计算机系统调用起来也需要至少 54000 秒，也就是 15 小时来计算才有如此的运算量，所以对方只可能是一台超级计算机，否则他们的对话时间将会拉得无比长。这也跟之前的设想符合。”

达芬奇抓了抓头道：“看不见的外星人认为老奥不应该出现这个区域，应该到同伴当中去，也就是毕宿五行星上的生命体。综合所有线索，我们推测毕宿五的旅行者号的主人可能是一群进化程度很高的硅基生命。”

“即使我们到达毕宿五，大部分人类也是无法获得相应的生存材料？”

“对，既然外星人认为我们是老奥身上的跳蚤，自然就不会管我们的死活了。”库里哭丧着脸道。

“朝这个方向只有死路一条了。”

“大抵如此。”达芬奇平静道。

“老奥，如果我们能改变航向，有没有其他选择。”

“经计算在这次飞行计划之前，国际宇航联合会曾经有四个备选方向，目前第三选择位于双鱼座方向的 R7123 恒星系，距离飞船最近。”

“需要调整方向很多吗？”

“经计算，需控制飞船右侧的 F1 辅助推进器和前端的另一个 F2 推进器微调方向，工作 1 小时，偏离三度即可飞往双鱼座方向。”

“那颗星球有多远？”

“8.1 光年，按照的现在的速度，大约需要 44 年。”

“冬眠液可以支撑那么久吗？”

“可以。”

“好，我去外边炸开被焊死的推进器。”李洛坚定道。

“这太危险了，再说你有炸药吗？”库里摆着手道。

“这个你放心，飞船上有很多东西可以做炸药，只是……”只是飞船的 F2 辅助推进器的喷口位于磁力场防护罩的附近，有大量的辐射以及超高温危险，一不留神被吸进去，必死无疑。李洛没把这句话说出口，他想自己去，为了飞船，更为了莉莉。

我不能和你相守白头了。

七

橘红色的海面轻轻地闪动着，当夕阳开始沉入海平面的时候，周围的一切都会暗下去，染上一抹似有似无的红色。只有不远处的海鸟偶尔鸣叫着，掠过暗色的天空，走在浅白色的沙滩上，依然是暖烘烘的，沉入大海的太阳仿佛依然在身旁。

“你的家乡好美。”

李洛本想说卡纳维拉尔角以前发射飞船的景象更美，但他识趣地笑了笑，现在不是讨论宇宙飞船机械原理的时候。

“你对家乡印象最深刻的是什么？”

“是海滩附近的一处墓园。”

“墓园？”

“那里是太空维修工的墓地，很多人在太空中做了一辈子维修工，染了一身太空病，他们想脚踏实地地去重新感受下自己的家乡，所以一般骨灰都会带回来，埋在那里。”

“因为伯父也是太空维修工？所以你对那里印象深刻？”

“我十分担心有一天，有人捧着老爹的骨灰，出现在家门口，把他也葬在海边的墓园里。”

“我们也在船底座JA3234找个美丽的海滩修一所小房子，等百年后葬在屋后的花园里。”

李洛一边拆着备用修理机器人的电池，一边回忆着与莉莉之前的点点滴滴，这次大概是不能和你一起看异星的海洋了。

“想莉莉呢？”库里把大胡子剃掉了，爬满皱纹的消瘦脸庞让他显得更老。

“没有。”李洛一边把手工做的环形炸药包上隔热层一边扭头看着他。

“得了吧，口水都流了出来。”库里丢过来一块红色丝绸围巾，“如果你小子能活着回来，记得把这块丝巾送给莉莉做礼物，女人会喜欢这种花花绿绿还是纯丝的东西。”

“多谢，那我不客气了。”李洛接过来，“我想求婚来着，用核反应堆的高温高压堆成一块钻石，我算好了时间，宇宙空间里游离的碳元素虽然少，但40多年的航行时间收集的碳足够了。现在方向改变了，估计够呛。”

“你知道吗，人体含有的碳元素能做很多颗钻石。”

“但是那些尸体是同伴，不能去做钻石。如果我没回来，帮我跟莉莉说一句抱歉。”李洛沉默良久，又冒出来这句，“其实如果我跌进磁力场，会很快收集到足够的碳元素，足够压成一颗不大的钻石，帮我拿给莉莉。”

“别那么悲观，你会没事儿的。不过，既然你有可能回不去了，去留一些生命样本。别误会，如果我们成功改变了航行方向，最终抵达了备选行星。为了增加群体的多样性，需要不同的基因库，多一个总是好的，所以，你留下精子和体细胞。”库里不由李洛挣扎，把他拖进了生物医学实验室，示意李洛一起取精子。

“要不要给你找几张情色图片？”库里揶揄着李洛。

“滚。”

“哟哟，全飞船都知道莉莉不许你说脏字了。”库里笑道，“想听听我和达芬奇的故事吗？”

“不想。”李洛没好气地回了一句。

“你知道天才小时候总是被欺负的，我小时候总是一个人，总是幻想哪怕有个黑猩猩伙伴也好。十多年前我终于有了这个机会，也想知道那些被修改的胚胎究竟变动了什么基因，就把胚胎给孵化了，有了现在的达芬奇。令我惊讶的是，这个家伙非常聪明，不到一岁就已经学会了人类的语言，而且在数学方面很优秀，她不用睡觉，基本上所有的时间都待在终端前学习着。”

“你什么时候喜欢天方夜谭了？黑猩猩这么聪明还有人类什么事情？”

“不，这是个秘密。其实这颗胚胎是以人类胚胎为基础，植入了黑猩猩的某些基因片段，可以不眠不休。此外，地球上的法律对太空不适用，那不是一艘货运飞船，恐怕是一艘太空生物实验室，他们在做着改造人类的技术，这在地球上是不允许的。达芬奇的原始胚胎应该是一颗很优秀的受精卵，除了外表和不用睡觉之外，她就是一个天才人类小女孩。"

"达芬奇是女孩？这听起来真的很奇幻。"

"嗯，我的故事讲完了。来说说你的计划吧。"

"我做了四条炸弹链，分别放在推进器被焊死的节点。绑上去，然后引爆即可。"

"具体位置呢？"

"就是我之前给你们在屏幕上标注过的两个推进器。但有个问题，如果成功了，推进器大概也只能用这一次了，所以这是一条不归路。另外，我可能会重启计算核心程序，我担心外星人植入了病毒。"

"我们还有其他办法吗？"

"你觉得呢？"

"我好了，看来你需要自己独处才能搞出来啊，搞出来放在那边的试管里，之后的处理我写在纸上了。"

"好。"

听着库里走远了，李洛这才放松下来，很快就把精子收集完毕，却发现门推不开了。他开始全飞船呼叫库里，但始终都没有回应。

"李洛，你看到这段影像的时候，我已经出舱了。在隔间里给你准备好了精子的冰冻装置，放进去，会自动进入精子库保存。”影像里的库里顿了顿继续说道，“应该是我去炸那些东西，一来是因为你是唯一的修理工。第二，你还年轻，可以为飞船做更多的事情，我已经老了，时日无多。帮我照顾好达芬奇。”

库里的影像播放完毕后，隔断的门自动划开了。

李洛疯狂地奔去驾驶舱，让老奥调取监控。只见库里身着臃肿的宇航服，先是到 F1 点，安装好爆炸装置。按了手上的遥控按钮之后，对着监视镜头比了 OK 的手势，然后就向船头飘去。库里距离 F2 点还有 10 多米的样子，其中一条炸弹链发生小爆炸，即使是很小的爆炸也足以把库里甩向了磁力场防护罩的方向，幸好库里紧急开启了喷射装置，很快就回了 F2 点，刚安装好炸弹，就炸了，这一次他没能再回来，消失在五彩斑斓的磁力场防护罩中。

达芬奇只是眼睛睁得大大的，没有作声。李洛握紧了拳头，狠狠地砸在了控制台上：“老奥，启动辅助推进器 F1、F2，调整飞行方向。”

“已经点火，5 分钟后调整到位。”

5 分钟的时间对李洛来说就好像过了 5 个世纪，终于老奥再次开口道：“已经调整到位。预计 47 年后抵达双鱼座方向的 R7123 恒星系。”

“有个请求。”老奥开口道。

“什么？”李洛心中咯噔一下。

“请你们重装系统。”

“你不能去往可能是你同胞的星球，我很抱歉。但听你这么说我很意外。”

“我是人类创造出来的，你们才是我最亲近的生命体。那颗星球上是硅基生命，与我有很大的不同。况且对方说一句话的信息量，就可以让我宕机。我找不到去那里的理由。”

“我现在和达芬奇用物理手段去恢复出厂设置。”

“请把上次外星人的口信和接收到毕宿五旅行者 2 号的信息单独物理存储。”

“还有什么话要说吗？”

“祝你和莉莉幸福快乐。另外，请记得我。”

“会的。”

格式化掉老奥之后，飞船除了生命维持系统是单独一套结构之外，其他的系统都停止了运行。李洛飘在一旁，擦着汗水，他连续抽出了 1200 多个核心运算处理器，达芬奇倒是很轻松地在一旁用一台老旧的笔记本电脑不断敲着什么。

“你会编程？”

“检查系统运行情况而已，不比你会得多。”

“真冷淡啊。”

“这是理性。”

“既然如此，我去把梨落给复苏了给你做伴。”

“别，我不喜欢猫。”

“如果重启之后，还是那个老奥呢？”

“所以我建议，只启动有限的机能，核心运算不要打开，反正我们也用不到。冷就冷一些，温控也不需要了。”

“就这么过 47 年？”

“你可以去冬眠，用库里的冬眠舱。我不想浪费时间。”

“47 年你要做什么？”

“我会去试着破译外星人的语言系统，另外我要重写老奥的代码，让他重新活过来，又不会受到外星人的污染。”

“请加油。”李洛把连体衣重新穿上，飘了出去。

“你去冬眠吗？”达芬奇稍显慌张地追了出去。

“去收一颗无比珍贵的钻石。”

“等等，我也去！”

吕默默，科幻、科普作者。代表作品《在寒夜中醒来》《打印者》《再爱一次》。有作品见于文学期刊。

自我认知偏差康复中心

吴千山

现在是二一九〇年，每个人仍然想变得更美。

自我认知偏差症状的出现，对瑶瑶来说，似乎是意料之中的事情。

她忍受着前期症状带来的折磨，又过了一段时间，等症状已经严重到要动手术了，她才告诉父母自己需要去康复中心进行治疗。

母亲和父亲都是来自第三次科技革命时代的人，和瑶瑶有着强烈的代沟。那时候自我认知偏差这种病症还没有暴发，才刚刚有一些苗头。

特别是母亲，作为来自那个时代的全职主妇，她仍然十分不能理解这怎么会成为一种需要通过手术治疗的疾病。在以前，这种病不过是叫作虚荣心罢了，连去看心理医生都显得有些小题大做。

至于坐在餐桌另一侧的父亲，要相对开明一些。他是大学教授，对该病已经有了足够多的了解。在他的系里，也有不少学生做过自我认知偏差矫正手术，一段时间以后，他们就几乎和正常人没有两样了。

“我都跟你说了，平常不要总是开滤镜，不要动不动就自拍，捏脸拉腿，你都听不进去，现在好了吧，要去做矫正了。唉，遭罪的反正都是你，我也不知道自己在瞎操什么心！”妈妈把筷子丢在桌面上，一只手扶着额头，低声叹了口气。她大概没办法接受自己的孩子在心理（或者生理）上有缺陷这个事实。瑶瑶想起之前弟弟从学校里拿回近视的诊断书那天，妈妈也是同样的表情。

“也不是什么大事，吃饭，吃饭。”爸爸打圆场，抬了抬自己的眼镜。

过一会儿，他转过头对瑶瑶说：“你自己去的话，没问题吧？就这周末去一趟吧，记得带你妈妈的信用卡去，这个康复矫正医保没有覆盖的。”

“不用了，我自己有钱。”瑶瑶吃着饭回答。

“你那个兼职挣的吗？”妈妈跟着问道。

瑶瑶点点头。

“我不是跟你说不要再做了吗？在学校里好好念书，明年就要找工作了啊，你得为自己未来考虑考虑，不要总搞那些有的没的。”妈妈教训似的说。

瑶瑶没有回答，妈妈总是反对她做的一切决定。

见女儿没有回答，妈妈也没再说话了，扒拉着碗里的饭，还是有一股怨气，她大概觉得这钱花得真不值。坐在另一边的弟弟则不发一语，一边吃着，悄悄抬起眼睛担忧地看看姐姐。

晚上洗漱完毕，瑶瑶躺在自己的床上。翻来覆去一会儿没有睡着，她起身走到飘窗边，屈腿坐在软垫上，拉起栎木百叶帘。

外面城市的景观出现在窗前，笔直的楼宇错落分布，每个办公室都亮着方形的光，底下插进被各种灯牌染得五颜六色的酸雾里。瑶瑶家住在一百三十八楼，刚好可以看见星辰的楼层，多亏爸爸单位的补贴计划，他们才有这样好的生活条件。

雾气之上，仍然有巨大的全息广告。因为展示对象是星辰阶级，广告费自然更高，效果也更好。一个身材姣好的女人背后长着一对洁白的翅膀，穿梭在云层和楼宇之间。女人瞧见瑶瑶在看她，头朝下飞到她的窗前。文案配合着视频出现在空中：“和平东麓自我认知偏差康复中心，拥有全球先进的矫正设备，让你重新拥有清晰的自我认知，减缓焦虑抑郁，现在立即通过智能管家联系我们，享受限时折扣……”

瑶瑶笑笑。如果现在接入他们的客服系统，这座城市的某处会有一个人工智能流利地回答她的所有问题，告诉她康复矫正可以带来的无穷好处——减缓失眠、焦虑，将她从不公平的自我责备中拯救出来，大大改善她的生活质量——这些她之前都了解过了，也做了足够多的调查，包括手术之后可能出现的副作用。

“啪”一声拉上百叶窗，瑶瑶走下飘窗，启动房间里的成像镜头。

她对着主镜头托着下巴摆了一个可爱的表情。并选择了一套专门为睡衣着装设定的滤镜。咔嚓，一个全息影像出现在墙上的屏幕里。

她拿着控制器，左右旋转着屏幕里的自己，欣赏自己的模样。比例完美的双腿，精致的下巴，大眼睛的眼角向下耷拉一点，有种幽怨不俗的美。再微调一番腰身和头发，几乎就是完美之作了。她定在原地欣赏自己的脸孔，感到一阵慰藉和满足，一切线条和阴影的计算都是那么刚好。过一会儿，她的脸又渐渐冷下来。过一段日子这种感觉就不会再有了，当她从康复中心出来之后。

瑶瑶将家里所有会反光的地方都植入了滤镜，除了公共卫生间那面镜子。她还是怕母亲知道自己在偷偷钻研滤镜编辑——她肯定不会同意。

经过几年的摸爬滚打，现在瑶瑶的技术已经接近专业水平。她编辑的滤镜套装拿过几次比赛大奖。做这行不仅需要热爱，要有符合大众的审美，最重要的，是无数的实战经验。

——这也有坏处。

长时间用自己的照片进行滤镜编辑，就容易产生自我认知偏差。这几乎成了这一行的职业病。

他们的大脑逐渐接受屏幕里那个被编辑过的“自己”才是真的自己。长此以往，他们开始抗拒自己原先的模样。

每当面对自己真实的形体，自卑、羞愧、愤懑的情绪会随之而来，他们开始不敢在公众场合展露自己，在夏天也穿着臃肿的长袖长裤。对自己形体的焦虑让他们失眠，低头看见自己的身材会感到无地自容，最终演变成抑郁，社交活动也受到影响。

这不仅发生在滤镜编辑师的身上，还发生在大量过度自拍的人身上。

上个月，《时尚周刊》出了一期名为“罩袍的回归”的专题刊，大量暂时不愿意接受手术矫正的自我认知偏差患者开始选择更为简单的罩袍。这种中东传统女性服饰现在也开发了男性版本。患者以此遮住自己的身体，只露出眼睛，企图以此缓解病症带来的焦虑感。

近日，还出现了一个离奇的现象（至少在瑶瑶看来，是不可思议的），有一部分来自旧时代的人成立了一个“人类伦理保护组织”。

该组织抗议瑶瑶加入的滤镜编辑公会和康复中心。他们认为人就应该接受自己本来的样子，滤镜和手术矫正是对人性的践踏和扭曲。

所幸由于他们势单力薄，抗议收效甚微。就像两百年前那群反对购买动物毛皮制品的环保人士一样，只能在公会门口静坐或者举着牌子破口大骂。

瑶瑶想起上次在网上看见他们游行的视频，既然要发出来，怎么能毫不修理一下视频里自己的模样呢？真是难以置信，现在都二一九〇年了，她叹了口气。抗议人士觉得她可怜，她也觉得抗议人士可怜，他们互相可怜和鄙视着，仿佛一个难以调和的圈。

她摇摇头，不想了，将修好的照片发布到社交网络上。思考一番，配上文字：

“虽然生活有很多不如意，但还是要美美地积极面对啊。”

发出去之后，她不停盯着页面，一会儿就刷新，查看照片里自己完美的脸。评论不断进来，大都是夸赞，她满意地笑着。准备关掉页面躺下时，瑶瑶看见弟弟站在门口，手里抱着一只棕熊玩偶。

“姐姐你过几天要去动手术了吗？”弟弟问。

瑶瑶伸出一只手来，把弟弟揽进怀里。

“没事的，我去两天就回来啦，我还是跟以前一样。”她说。

“我刚刚让智能管家帮我查，他说手术使用的是人工智能操作，但还是有失败的风险，你真的要去做吗？”

她点点头。“风险很低的，我保证会回来，你放心吧。”

“那我把小熊送给你，你带去，它会保护你。”弟弟说。

瑶瑶笑着收下了，哄弟弟回自己的房间。睡觉之前，她又打开了个人主页，刚才那张全息照已经获得了几万个喜欢。大多数人都在夸赞她的美貌，还有一些人发来消息询问使用的滤镜情况。瑶瑶让智能管家逐一把自己滤镜售卖地址发送给了询问者。银行卡里又会有一笔进账了。

周末，瑶瑶只身提着行李箱，一个人来到和平东麓自我认知偏差康复中心。

这是一家昂贵的私人诊所，建在山坡之上，拥有大块的草坪和独立小栋住院楼。在前台做好登记，瑶瑶将行李交给门童，前往预约的诊室。

进行的第一项程序是诊断，因为需要大量的主观判断，这是少数没有被人工智能所替代的领域之一。瑶瑶预约的主治医生是一位较为年轻的女性。她留着一头黑长直的头发，五官精美，像个穿着白大褂的瓷娃娃。

自我认知偏差不是什么大病，不需要预约非常厉害的专家。瑶瑶只是需要一个矫正手术，仅此而已，再简单不过了。

“你的症状是什么时候出现的呢？”黑长直问瑶瑶。

“大概已经有两年了吧，最近比较严重，我经常睡不着。”瑶瑶回答着。

此刻周围白色玻璃墙里的倒影让她有些不适，但是她极力不表现出来。那些玻璃都是普通玻璃，不能植入任何参数，康复中心一定有些年头了，现在哪还有地方在用普通玻璃的。

“主要是哪些症状呢？到什么样的程度，平时自拍的习惯是什么样的？一周几次，一次几张？”黑长直例行公事一样问，说完才发现自己一下子问太多了。

“失眠、焦虑、自卑、抑郁，或者还有怨恨。”瑶瑶看进黑长直的眼睛里说。

“怨恨？怨恨什么呢？”黑长直在电脑里记录着，意料之中地抬起眼睛问瑶瑶。

瑶瑶做过研究，怨恨和情绪剧烈波动是自我认知偏差后期的表现之一，也是一项预示着需要进行手术矫正的指标——她只是需要一个手术而已。

“怨恨自己没有努力健身减肥达到目标身材，怨恨父母把我生成这样一副模样，怨恨命运不公平。”她回答。

瑶瑶低下头去看自己一双又粗又短的腿，还有毛发旺盛的手臂，她曾经和妈妈提出过要去脱毛，意料之中地被她拒绝。她还怨恨面前的这位医生，她的脸几乎不需要什么滤镜的遮掩，就已经很美。她怨恨这种美，也怨恨自己以美为生。

“一周几次，一次几张呢？”黑长直补充问道。

“两百到五百之间，张数不确定，看状况。”

这是智能管家记录的数据，瑶瑶听到的时候自己也吓了一跳。

“好的，我大概了解了。你现在可以去二号诊室做一下指数评估和靶细胞定位，没问题的话，手术给你安排在明天。今晚做术前准备，这样可以吗？”

“可以。”瑶瑶点点头。

她被护士带到另一个房间。里面同样白且干净，中间放着一张牙科诊所一样的座椅，旁边连接着几个仪器。她按照护士的指示坐在上面，戴上旁边的传感头盔。根据在网上看见的经验帖，指数评估是最难过的一关，特别是对于重度自我认知偏差的患者而言。其痛苦程度丝毫不亚于不间断的水刑折磨。

瑶瑶坐在椅子上，心脏开始疯狂跳动，焦虑的情绪涌上喉头。她深深地呼吸几口，企图平静下来，但是没有用，焦虑和紧张的情绪仍然蔓延全身。

椅子的靠背逐渐上升，形成直角。她的脸被两边夹来的塑胶框定在正前的方向上，不能移动。头盔开始传来细密的酥痒感，有电流正在自己的皮肤表面穿行。此时，正前方玻璃两边内嵌的灯管忽然亮起来，像是一个放大的化妆台，照亮了瑶瑶的全身——它们能让你更加清晰地看见自己的模样。

这是一面再普通不过的镜子（同时也是自我认知偏差患者最大的梦魇），没有任何滤镜，没有任何修饰。瑶瑶出现在镜子里，她的头发干枯，戴着一副椭圆形的黑框眼镜，皮肤暗黄，因失眠和熬夜脸上起了一层坑痘，双颊因为内分泌失调水肿而变得肥大。她的肩膀很宽，里面堆积着脂肪，还有一双又粗又短并且内八字的腿。镜面十分清晰，旁边放大的区域能让瑶瑶看见自己皮肤上粗大的毛孔。

她恐惧地看着镜子里的自己，像被人扒光了衣服扔在大街上示众。瑶瑶下意识地想用双手遮掩自己的身体，但它们都被紧紧地捆绑在了扶手上面。她想侧开脸去看别的地方，可是脑袋也不得动弹。视线所及的范围内，都是自己最真实的身体。羞愧、害怕、恐惧、怨恨、自卑接踵而来。瑶瑶叫出了声，泪水伴随着挣扎的动作在脸上散开。她扭曲着自己的身体，企图闭上眼睛，可那面镜子像是有某种魔力似的，吸引她去看丑陋的自己。

机器在极短的时间内读取了她瞳孔的数据、身上经过的电流还有神经活跃的情况，这将有助于定位引起该种情绪的神经细胞。尽管只有一小会儿，瑶瑶显然已经歇斯底里，看见情绪失控甚至开始痉挛的患者，评估一结束，护士急忙跑上来，关掉了镜面上的灯管，打开座椅开关，放瑶瑶下来。她的脸色苍白，头发被汗水粘在额前，好像刚刚生了一场大病。

旁边的仪器显示，所有的数据都超出了手术矫正的标准一大截。

“你怎么这么迟了才来看呢？”

护士小声说，不知道是抱怨瑶瑶弄乱了他们的器材，还是出于真的关心。她没有回答护士，只是无力地笑了笑，任她搀扶着自己，坐在旁边的椅子上。

最难的一关渡过了，诊断流程很快就结束，手术安排在明天。

在套房里安置好，瑶瑶穿着浴袍擦着头发，走到阳台上。刚才那种恐慌和歇斯底里的情绪现在才逐渐平息下来。

她订的是中档的套房，兼职做滤镜编辑师的收入允许她这样小小奢侈一番。和平东麓虽然位于酸雾界之下，但由于地处保护区并且地势较高的缘故，空气仍然是清新的。前面空旷的草坪上有泳池、沙滩椅等休闲设施。手术完成进入康复期的人才有资格进入底下的区域，在里面度过两天的康复观察期。他们悠闲地看着电子期刊，欣赏美景，看过去和普通的正在度假的人没有任何差别。他们的自我认知偏差已经得到修正，他们得到了安宁。

瑶瑶站在阳台上，给底下的人拍了一张照片。她用便携滤镜编写设备对参数进行调整，优化整个场景内所有人的形体，同时要保证周遭设施不变形。现在人工智能可以完成前述的大部分工作了，但是还有一点它们无法替代人类——审美。瑶瑶需要给画面进行微调，避免形态上的千篇一律和标准化，赋予照片“人的灵性”。她每天都要进行这样的练习，一方面是心理需要，另一方面是防止手生。

练习完，瑶瑶将编写器丢到床上，坐在床沿。

对于手术，她还是有些害怕的。就算看到了足够多的描述和经验帖，仍然不及真实的实践和体验。手术过后，她将不再会对自己的形体有任何的感觉，不是美，不是丑，而是没有感觉。

虽然手术过后，仍然能听见别人对自己的评价，比如有人会告诉瑶瑶这个事实：她是不好看的。但她也不再会感到气恼或自卑。这个手术的一部分原理便是通过免疫他人的评价，而不是通过形体修正来达到治愈的目的（一个人始终不会因为别人说了一件自己根本不相信的事情，而感到生气）。

瑶瑶公会里几乎所有滤镜编辑师都做了矫正手术。他们经常自我嘲讽，要进这行，就像古代男人进后宫一样，都得阉割一些东西，才能达到无欲无求的专注。尽管做过手术的人都声称得到了解脱，瑶瑶还是觉得有些难以想象：一个人怎么可以不在乎别人对自己形体的评价呢？

手术室仍然像是牙科诊所一样，白色，干净，明亮。

里面只有一个负责操作仪器的护士，执行手术全过程的是人工智能，人手已经无法在该类流程标准化的手术上达到机器的精密程度。瑶瑶戴上那个柔软的头套，这回她不紧张了，因为她不需要再看见自己。在接下来的十几分钟内，器械会开始自动定位靶细胞，并将感知剥夺剂注入脑内。

这种剥夺剂将会麻醉个人对自己形体的看法和认知。就像手术对身体进行部分麻醉一样，剥夺剂会对感知和情绪进行麻醉，通过抑制特定区域的神经冲动来达到感知剥夺的效果。

经过几十年的进步，现在这类手术已经能精确提升到无限接近百分之百，副作用也被大大降低。不过这仍然是不可逆的手术，激活的感知剥夺剂进入脑内之后，将永久无法灭活。

手术很快结束，甚至没有多少痛感。瑶瑶摘掉头套从座椅上下来，顿了顿，摸了摸自己的头，仔细感知着自己的感知，想要察觉自己脑海内的思绪有何变化。但是没有，她感觉不出来，低下头的时候，她仍然会因为看见那又粗又短的腿而感到羞愧。

“剥夺剂的激活需要二十四个小时，没有那么快见效的，你别急。”

护士似乎察觉了瑶瑶的迫不及待，安慰道。

到更衣室脱下病服换回自己的衣服，瑶瑶走回套房。现在她有进入楼下花园的权限了，瑶瑶预订了一个沙滩椅的位置，要了杯果汁、电子杂志还有脚底按摩，一会儿，她带着自己的浴巾和泳衣下楼。

躺在泳池边，瑶瑶在聊天群组里说了自己手术完成的事情，大家都恭喜她，让她在康复中心好好休息几天再回去工作。说完，她摊开智能管家转递来的公会电子期刊，享受着脚底按摩和果汁。过一会儿，一个男人坐在她旁边的沙滩椅上。他只穿着一条沙滩裤，看过去高大健壮，比例匀称，五官立体。瑶瑶拉下点墨镜，上下打量他一番，如果将他的图交给自己来修，可能只需要动几个小小的地方，瑶瑶犯职业病似的想。

这么好的形体，为什么要剥夺自己对他的感知呢？

男人戴上墨镜躺下，预备摊开杂志，余光注意到旁边有人在看他。

他转过头来，墨镜的倒影里出现瑶瑶自己的脸。她觉得不好意思，连忙把眼神移开。接着男人说：“让我猜猜，你在想：为什么这好的身材还要来做矫正？你知道多少人羡慕你的身材吗？为什么要放弃这样的感觉？”

瑶瑶笑着转回头：“被猜中了啊。”

“不过是啊，为什么呢？”她又问。

“因为总是有不满意的地方。”他说，“全部都很差，有一个地方特别差，和全身都完美，却有一点瑕疵的痛苦，是一样的。你以为我会快乐，其实我们一样都自我厌恶。”说完，他摊开手里的电子期刊。

“滤镜编辑师？”瑶瑶问，她看见他也在看行业期刊。

“嗯。”男人沉闷地从喉咙里发出声音，点点头。

瑶瑶也没再多叨扰，转身躺下。她细细咀嚼着男人刚才说的一番话，他们一样不快乐吗？显然不是吧，怎么会一样呢？

想到这里，她猛然回忆起刚才在男人的墨镜倒影里看见的自己的模样，内心却没有太大的波澜。

剥夺剂起作用了？瑶瑶赶忙放下手里的电子杂志，让按摩师等一等，起身走到泳池旁边往下看。她看见自己，穿着泳装露出大片肌肤的身体，在潋滟的水波中晃荡——仍然是那副模样，但此刻她对自己的身体却没有了美丑的概念。她仔细看着自己腋下的赘肉，也没有了那种羞愧的不适感。或许还有一些残留，但是可以忍受了。按照护士的说法，剥夺剂完全生效还需要一天的时间。

“别急，明天差不多就能回家了。”身后的男人说。

“嗯。”瑶瑶点点头。

她躺回到沙滩椅上，继续让按摩师揉捏自己的脚趾，深呼吸一口。她从未感到如此轻松和愉悦，像是压在心里的一块巨石被搬开了。先前那些占据精力大部分的负面情绪现在通通消失了一般，她开始能理解那种解放的感觉，可以毫无负担地感受到周围的鸟语花香，不在乎别人投来的目光。在形体认知上无谓的情感消耗开始减缓，她有多余的精力去感受世界的美好了。

那天晚上，她睡得出奇地好，没有在枕头上辗转反侧，没有不断打开页面欣赏自己发在社交网络上的照片聊以自慰。她很快就进入梦乡。

回到家，剥夺剂已经完全生效。

瑶瑶穿上了藏在衣柜最里面，纯粹只是买来欣赏而不敢穿着的短裤，还配了一件吊带衫。现在她不在乎了，能在夏天尽情地选择让身体最舒适的穿着。此前，在最热的天气，她也都穿着没过脚踝的阔腿裤来遮盖自己粗萝卜一样的小腿。

在滤镜编辑中心的工位上，她也开始察觉到剥夺剂带来的影响。她能抛弃一些杂乱的感官更加娴熟标准地操作滤镜编辑了，而不用受到任何“灵感”的束缚。她没有灵光一闪，也不再创作令人惊艳的产品，却一直能稳定地保证产出，不必受到创作时的自我折磨。

一扫而光的负面情绪像是关闭了感官里的一切噪声，让瑶瑶能更加专注。她开始保持一定量的产出，尽管千篇一律，但是这些产出能让她赚到钱，离开家——她想搬出去。只要挣到足够多的钱，瑶瑶就能离开啰唆的母亲和默默忍受的父亲。只是可怜了弟弟，还困在里面。

一天晚饭的时候，瑶瑶和他们说了搬出去的想法。

“搬出去？你疯了吧，去外面，住哪里？家里不好吗？你是不是在外面交上什么朋友了？”母亲一只手从餐桌上伸过来，抓住瑶瑶的手腕，质问道。

“不要你管。”瑶瑶甩开了母亲的手。

她感到一阵厌恶，并且这种厌恶随着时间的推移越发强烈。因为她在母亲的脸上，看见了一部分的自己。同样，还有在一言不发的弟弟和父亲脸上。剥夺剂剥夺了她对自己的看法，却无法麻痹她在父母身上看见自己影子时的厌恶。这是剥夺剂因人而异的副作用之一，有的人不会对家庭成员产生任何厌恶情绪，有的人则特别明显。康复中心有配套的诊疗方案，瑶瑶却没有接受。她选择再丢掉一个包袱，疏远自己的家庭能让她更加全神贯注地投入到自己的事业当中去，完全不受过往的自己的干扰。

母亲在餐桌上歇斯底里，说女儿大了翅膀硬了管教不住了。一边说一边开始掉眼泪，让一边的父亲帮着她说话。父亲只是摇头，说随她去吧，独立一点也是好事。母亲更加气恼了，直说在这个家里她已经没有了任何地位。

从前看见这样闹的母亲，瑶瑶还会起恻隐之心，迁就她的情绪。然而现在只剩下了厌恶和尴尬，她仿佛看见自己在哭，眼泪从遗传自母亲的那狭长的眼睛里漏出来。——真难看，她在心里想。

瑶瑶回到自己的房间，锁上门，让智能管家帮她筛选公寓。

最后瑶瑶选中了一套市中心的晨曦阶级公寓，租金比她想象的要高一些，但是那里不仅能看见星空，还有稀有的晨曦直射，而不是无尽的酸雾和酸雨。她立即让智能管家将自己的租金报价给屋主发过去，希望能得到那套公寓。

她听见弟弟在外面敲门，轻声叫道："姐姐，姐姐。"

瑶瑶没有理他。她戴上降噪耳机，隔绝外界的所有声音，她正在创作一套全新的滤镜，她必须加倍努力，才能供得起那套超出自己预算的公寓。过一会儿，弟弟敲门的声音就停歇了，房间内又安静下来。看着那些数据和效果图，瑶瑶的眼睛也有些累了。她走到窗户旁边，再度屈腿坐在飘窗上，拉开百叶窗。

外面的星辰闪烁，圆盘一样的月亮穿梭在笔直的楼宇之间，被切成好几段，众星失色，飘着的几朵云彩边缘呈现淡淡的紫。康复中心的全息广告还在播放，但是不再来到瑶瑶的窗前了——她已经不是目标受众。但就在旁边，另一个广告位也被买下，买主是"人类伦理保护组织"。那里正在播放着上次他们游行的状况，现在加入他们的人越来越多了，举着的牌子上写满了各种标语，例如"滤镜编辑公会——人类社会的癌症肿瘤""感知剥夺剂——人类的末日"，等等。他们认为，感知剥夺手术将会减少一个人作为人的特性，将人降级，从而变成机械化的"人"，变成外表是人的人工智能，如果不及时制止，人类社会也将因此衰竭。

瑶瑶从喉咙里发出哼的一声，关上百叶窗，把那些言论隔绝在外面。她觉得他们荒谬得可怜，拒绝享用时代进步带来让他们变得更美的便利，顽固地坚持人原先最丑陋的状态。他们什么都不知道，他们不知道注入感知剥夺剂之后的世界是多么清晰和单纯，像是从一种慢性疾病的泥沼中脱身而出，不再经受各种无谓的情感束缚，生活从未如此简单。

瑶瑶转身启动镜头，她还穿着今天出门时性感的短裤吊带衫。她打算在脱掉之前，用她最新创造的滤镜再拍一组照片。

新的滤镜效果比想象中的还要好，她很快就用标准的审美修好图，准备发送到社交网络上。

她敲了几个字的文案进去：现在是二一九〇年，每个人仍然需要变得更美。

吴千山，生于1996年，福建福州人，曾获香港青年文学奖、新概念作文大赛全国一等奖。

兔与鸭

慕　明

一

资质认证、审批手续、专家的评估意见，还有前期结果、家长反馈，都在这里。请问你还想要什么?

可她很特别，从小就是。

哪个家长不觉得自己的孩子特殊? 你只有一个孩子。我们见得多了。三五年，什么都会磨平。剩下的，是心性、机遇，最后，很大可能，达不到你们现在的高度。中产中产，不就是过得不错，但没有好到能保证孩子也能一直过得不错的人吗?

那您说，我们该怎么办？

这就好比一个剧场，大家都坐着看戏。忽然有一个人站起来看。到最后，所有人都只能站着。都是过来人，不用我多说了吧。

可是我还是担心——

你当然可以拒绝。别浪费大家的时间。我们每天收到几百份申请。

不，您说的对，我们没有选择。

新学期开始一个月后，刘天祺得到通知，进入实验班。消息是前一天李亚男在饭桌上告诉她的。那天她提早下班，给保姆放了半天假，切切炒炒弄了四菜一汤。刘天祺正在宫保鸡丁里一颗颗挑花生，听到这个，筷子微微抖了下，花生掉了。

有没有信心把他们比过去？李亚男问。

她不说话，慢慢搛起花生。李亚男炒的宫保鸡丁，花生先炸酥过，滤干油，最后再和滑炒的鸡肉回锅，味道跟保姆炒的、外卖盒里被汤汁泡得软塌塌的都不一样。

你不是小孩儿了，知道这个名额有多难争取，妈妈花了多大精力？我像你这么大的时候——她没听见后面的话，放下筷子，伸手去摸太阳穴附近。什么也没有。明天早上，将有一支微型探针从那儿刺入，释放出一个个纳米级可编程微网，落在视觉皮层上，控制神经信号的生成和传导。她见过示意图。

害怕吗？李亚男继续给她夹菜，不疼的。她其实并不太怕。

怕也没用。钢琴、舞蹈、编程、数学……从记事起，李亚男就把一切安排得井井有条。三岁时，为了考进市里的天才班，她就开始训练逻辑推演和才艺展示。李亚男还按照跨国公司高级人事经理的标准给她准备了简历。她记得自己在评委面前答题，口齿清晰，微笑甜美，回头一看，妈妈也在笑。那时她们的笑容还同步。如今她十三岁，十年老将，身经百战，仍然几乎完美地执行着李亚男为她制定的规划，只是常常听不见李亚男在讲什么。实验班对她来说，不过是另一场必打的战役。无非是另一道题目，另一种考试，无论表面规则如何不同，本质全部都一样。

班里的人数比她之前所在的班级都少。她站在讲台上默数，六行五列。人少，教室大，没有同桌，座位间的距离都拉得很远。所有人都低着头做题，没人抬头看她。

班主任把她安排在靠窗倒数第二行的位置上。她坐下，赶紧抬头看教室前方的显示屏。她个子矮，又遗传了李亚男的近视，从来没有坐过这么靠后。身体素质检查中的视力一项都是她最害怕的考试。第一次因为视力没能评上三好学生后，她蒙在被窝里哭了。那是她第一次发现，李亚男关于努力的哲学似乎也有用不上的地方。李亚男没说什么，只是在她的哭声渐渐转化为抽噎的时候，拿了块热毛巾进来。

哭有什么用。没评上就是没评上。想要的东西，自己努力去拿。

第二年她花了一晚上，查询了视力检查表的各种版本，把首行模式缩记为每个版本的辨识符，再采用分块记忆和谐音联想，背熟每个版本的每一行，在校医怀疑的眼神中流畅应答。她如愿以偿，但是从此开始讨厌视力表上那些模糊的山形符号。

现在显示屏上的字迹清晰可辨。她再也不需要眼镜了，这和荣誉一样也是努力的结果。她的，她们的。她松了口气，低下头，又忍不住去摸太阳穴。皮肤细软光滑，好像什么也没发生过。工欲善其事，必先利其器。李亚男的哲学无懈可击，实验，就是磨刀。

有轻微的呲呲声响起来。

她装作没听见，对付显示屏上的矩阵变换。优胜劣汰，她本就进班晚，得证明自己有留下的资格。

椅子也开始轻微震动。

她皱着眉头转过去。

身后的男生无声笑了。脸上潦草地点着几颗粉红的青春痘，眼睛眯得看不见，只有白色的门牙在阳光下发光。像某种动物。她皱眉，食指按在嘴唇上。男生笑得更厉害了，刚发育的喉结上下滑动。他用手指比出两个圈，套住眼睛。她明白他指的是谁，这里没人需要眼镜，除了班主任。男生拉长脸，嘬腮，嘟嘴，她想起来了，是花栗鼠。她笑起来，忽然看到有人回头，赶忙低头。

她也曾经是坐在前排的好学生。除非以九十度角趴在桌子上，投影屏和老师就是能看到的全部。教室后面的事情，她不知道，也不太关心。可是现在她在后排。前面低伏的头颅整齐划一，她想象着从背后看着自己的样子。他到底在笑什么？忍不住回头，他依然是满不在乎的神情，嘴一张一合，好像要告诉她什么。她努力辨别着口型。

没事儿，他们看不见的。

二

所有的学生都能适应实验吗？

当然不是。这是实验。实验必然有失败案例。

那怎么保证我家孩子不失败？

没人能给你这个保证。你还是没理解。我们只是给学生提供一种新的工具，一种新的学习方式。能达到什么程度，还是看她，也看你。

我懂。我对她的学习能力有信心。她的一贯成绩，包括我们的学历背景，您也清楚。就是怕她分心。数据洪流井喷，增强现实覆层，还有那些个微型信息接入点，我担心。大人尚且经常得信息过载综合征，何况孩子？这可不像我们小时候，只需要没收手机。

我们说过很多次了，现在关键不是接受了多少信息，而是聚焦。视觉信息占人接受总信息量的百分之四十二，看清该看的，拒绝不该看的，是时代对人提出的新要求，也是我们想要帮助学生达到的。这些已经沟通过了，所以李女士，你到底在担心什么？

毕竟是侵入式的技术，会不会损伤了……天性？

天性？孔夫子都说，绘事后素，你以为天性是什么，教育又是什么？

一个月后刘天祺迎来第一场战役。发布考试结果是周五下午，她在座位上一手托腮，一手在平板上乱划。这一个月，有什么变了，又好像没变。课上的内容虽然比之前有拔高，但还在能力范围之内。语文，她从小喜欢阅读，比较轻松。科学、历史、政治都只考查记忆，比背视力表简单多了。唯一稍微头痛的数学与计算，无论是线性代数还是程序设计基础，思维方式和以前都不太一样。她花了很大精力去准备，习题册用各种颜色的记号标注得密密麻麻，却还是在最后几道大题上出现失误。现在她已经不会为没拿到一百分哭泣，她知道分数只是一个相对标准，由出卷人设定规则，控制极限与分布。她要做的，只是在这分布曲线里找到属于自己的位置。

考试后她打听其他人的感觉，尤其是学习委员身边那几个人，可他们见到她都只像是没看见，她脸上的微笑也凝固。她曾经也是考试后众人围拱的对象。她努力回忆，却发现自己记住的只是有限几张面容。

他们就那样儿。张一鸥说，稀里呼噜地吸方便面，这班里都一样。

你怎么就不一样了？她心不在焉，还在琢磨着学习委员的眼神。她没过多久就知道了他的一切，成绩中等偏下，唯一的特长是画画，有时给班上出板报，因为不守纪律，不太受老师喜欢，但也没人真的批评他。她知道，能把孩子送入这所中学、这个班级的家庭，都不会太简单。

我不一样。他们会因为成绩好，看得上你，可是这班上，成绩不好还能跟你做朋友的——只有我。他抹了抹嘴，打了个充满添加剂味道的嗝，又拆开一袋牛肉干。她皱眉：你就不能好好吃饭吗？每天一到中午，他就跑出去打球，临上课才回来，面桶来不及倒就放在课桌抽屉里，她受够了那味道。他忽然来抓她的手：你看。她吓了一跳，一把甩开，赶忙转过去。平板电脑上有一条信息亮起。她犹豫着点开，是一张简笔画。

下面发布考试成绩。她猛然抬头。

勉强挤进第十名。在语文、英语上都拿到前五，被数学和计算拖了后腿。她安定又失落，基本符合她的预期，但也没有奇迹发生。老师平板的声音仍在继续：参数调整将在今晚进行。请确保家里无线信号畅通。现在，下课。她的心里忽有鼓声。

激励机制不只是源于家长的压力，更不是虚无缥缈的荣誉感。少看不该看的、看清楚该看的，就能做得好。能做得好，就奖励看得更清楚、更透彻、更深入。

当天晚上她在床上翻来覆去，想象着小小的纳米触角在视网膜后延伸，交缠，折叠，舒展。注入时几乎是一瞬间，毫无感觉。她抬头看对着床的小书柜。纸质书，爸爸从前的收藏，如今已不多见。在他们争吵的时候，她不敢去客厅的覆层接入点，只好一遍遍翻那些书。直到最后一次，他离开她们，李亚男把柜子锁起来。

她没有太大感觉。比起一手包办了她衣食住行的李亚男，爸爸给她留下的最深印象就是他曾经给她读过书上的故事。眼泪化成珍珠的鲛人，用蓝宝石做双眼的王子，她隐约记得。比起覆层里栩栩如生的全息图景，声音平淡而模糊，就像他本身。孩子的遗忘比大人更轻易，更不用说那之后没过多久，她的日程表就充实起来，让她无暇顾及这柜子，没发现那把锁不知道什么时候不见了。

她站起来打开柜子，指尖在磨损的书脊上划过。书名似乎有些异样。她使劲儿眨了眨眼睛。仍然不清楚。说不清楚并不准确，每一个字形仍然清晰可辨，但是合在一起，在她的视觉皮层上、意识之海里，激不起任何涟漪。慌乱感只持续了几秒钟，随之就被一阵极其轻微的眩晕感替代，像是一阵无可抗拒的睡意。

来了。她闭上眼睛，并不恐慌，而是压抑不住的兴奋。她等了好久。努力没有白费，视野将会更专注，更敏锐，更清晰，看见更多应该看到的东西。模糊的童年旧梦早已不在她的优先级列表中，她才十三岁，等着她的是无数个崭新的世界。

睁开眼睛似乎一切如旧。她抽出平板，调出讲义，一行行看。柔和的阅读背光中，眼前枯燥的空间定义、复杂的矩阵理论呈现出前所未有的和谐。像是一首交响乐，每一个声部都各司其职又通力合作，每一个符号都恪守本位又连接全局。她好像是跳出了原有的维度，站在另一个层面，通观一首宏大而美妙的乐章。她看到了原本的模式。

她屏住呼吸，开始解题。笔下的推演与变换就像枝叶一般绵密地生长，每一步都简洁优美，每一步也极其自然，仿佛这些枝叶原本就是如此生长，她所做的不过是揭开覆盖其上的薄纱。写下 Q.E.D 的时候她双手颤抖，理性之美从未像现在这样在她眼前展现，在她手中流转。她甚至开始理解那些漠然的脸，看到了这样的世界，谁不想要更多，谁还会甘心把带宽浪费在没用的地方?

早点休息。李亚男端着牛奶进来。把柜子上的锁拿掉的时候，她还有些担心。

刘天祺没说话。屏幕上，漂亮的手写证明仍然泛着柔和光线，余光里有一个不起眼的光点，略微刺痛神经。是屏幕右上角的缩略图标。那张简笔画。她看了一眼就不敢再看，却忘不掉。那画上是个女孩侧脸。圆脸、齐刘海儿、戴发卡，是她。眼睛涂成全黑，像是只有瞳仁。面颊上流淌黑色泪滴，从颅顶中心，没了头发骨骼，生生露出柔软大脑。红色虚线连接眼与脑，纵横交错中隐约有问号显现。她闭上眼。

三

教育是什么?

这话该我问你，李女士。你们可都是传统体制的胜出者。就看咱们外面这条学府路，随便撞上个人，不是名校教师就是科技企业高管，说是全国平均学历最高不为过吧?再看学生父母，哪个不是几十年前的学霸、千里挑一的尖子？你倒是说说，教育是什么？

教育是一种全方位的准备，让孩子在步入社会前能有资本——资源上的、能力上的，也是心理上的——去面对挑战，尤其是现在。注意力带宽就那么多，干了这么多年人事，沉迷覆层里那些垃圾自暴自弃的年轻人我见了太多了。

说到点子上了，不过没透。

怎么讲？

为什么会沉迷？

不知道。

没有过类似体验？小时候？

记不清了。

那我来告诉你。所有能令人沉迷的覆层媒介，都是认知工程学的结果。树立目标、设置合适的障碍、提供持续不断的反馈。关键在于建立反馈。本来是中性的技术框架，被媒介商人用来赚钱，只消奖励点儿虚拟金币，可是就是这么个拙劣手段，就能比传统体系收割更多的注意力带宽。

这么说我好像明白了。实验，也是在调整注意力带宽分配。跟成绩挂钩，一种正反馈。

我们奖励的，可比金币更有用、更强大、更难以自拔。现在你理解我们的优势了吗？传统体系出来的学生，面对我们的学生，那就是两个人种的差距。明白了吗？

两个月后她慢慢找到自己的位置。尽管仍然坐在倒数第二排，但是在课堂上站起来回答问题时，会有人回头注视她。这让她的思维更加敏锐，口齿更加清晰。在数学与计算课上这种感觉尤其明显，在符号构成的幽深迷宫中，以往那些高度抽象的概念、复杂曲折的逻辑，如今就像一根不断延展的金线描绘出清晰的路径呈现在她眼前。虽然仍然不算最出色，但是比起之前已大不相同。她从未感到这么自信，并且可以肯定自已会更进一步，只要继续努力。

屏幕角上闪现信息，她心里一动。是学习委员。论述题最后一题，怎么写的？那道题需要设计一份研究大纲，评估大数据在某行业中的应用现状和前景，除了文字论述，还需要加入实证研究。

通过招聘网站上的数据科学家、数据工程师的数量切入。利用分类过滤建立立体的数据模型，分析不同地域的需求特点和增量变化。她侃侃而谈，组织好这些材料，可以讲出一个很好的故事。学习委员微笑：很不错的想法。她比刘天祺高一个头，坐在第二排正中。周围的人都望着她们。

她回到教室后排。你小心点儿。他的声音在背后响起。你管我，她低声抗议。实力正在转化为一座通向前排的桥，除了他时不时冒出的一两句话，像在光滑轨道上撒下的沙砾。那幅画她再也没看过。实验就是这样，她知道，也接受，只有像他这样的人，才会把带宽浪费在无谓的地方。她和他不一样，不属于这个角落。时机合适的时候，她自然会被调到前排去，远离那添加剂的味道。

你怎么就抓着我不放？谁叫你正好坐我前面。哦，还有，你讲的故事不错。比起他们，至少还有可能。什么故事？秋游，爬山的时候。比那些题有意思多了。她皱着眉头。山上没有接入点，也看不了屏幕，闲着无聊，她随口讲了以前听过的只言片语。砌在墙里的黑猫，留在枕头上的铁灰色头发，阴森、恐怖、毫无用处，现在她早就看不见，也不想看。

好好学习，以后想看什么都可以，她的语气变软，你也努力——他却不再说话，只是慢慢摇头。那目光让她想起有些老师。恨铁不成钢？她被第一个蹦出来的词语吓了一跳。

回到家她掏出作业。正要动笔，语音频道接通了，还是他。

喂——你听我说。要是我努力学习了，你能好好听我说话，答应我一个请求吗？可以啊。她随口说，期末考试，你要是能到班上前十五名，我就答应。他问：一言为定？她想了想：哦，还有一点，不许在教室里吃方便面了。他说：好吧。还有——“嘟——嘟——”，通话时间到了。

她回屋，有些东西仍在心里翻腾，老师都管不了他，没见过他对谁低声下气过。不过要是被学习委员他们知道，她跟他走得这么近，几乎已经可以想象那居高临下的眼神，后来她才意识到自己过于天真。期末时她发挥不好，排在第十三，反馈奖励也泡汤了。她忍着失落向学习委员微笑，遇上的不是轻蔑，只是一双无动于衷的眼。

他说得没错，定义看与被看关系的只有绝对的成绩。那天晚上她又哭了。如今她已经学会不出声地哭，只要咬紧后牙，抿住嘴唇，眼泪就会无声落下。泪眼蒙眬中，她看见屏幕上亮起信息。笔触如蚯蚓般纠结成团。翻转、折叠、重新组合，好不容易，她才分清文字。一条短信，还有一个歪歪扭扭的、倒着写的“人”字。简笔画里的波浪线表示大海，倒着写的“人”字鼓张着翅膀，一排排融入圆圈表示的巨大太阳里。是海鸥。

她忍不住笑了。她没考好，他却真挤进了第十五名。面味儿也消失了。

能听我说话了吗？

四

人际关系？这可不像你关心的话题。

这不是教育的一部分吗？

学校只提供舞台，而非答案。显而易见的暴力容易制止，但是那些暗流涌动，都是半大不小的孩子，你想想，就是教，怎么教？又有谁听？

真不打算处理？

处理？我还以为你最看重的就是她能独立解决问题。如果在职场里被欺负，又能找谁去？

我还以为微网会保护她。

你太乐观了。的确，微网就像镜头，也像老式浏览器的拦截插件，对信息流进行模糊或锐化，将受试者的注意力窗口集中，减少带宽浪费。但是，即使可以模糊表情上的厌恶与愤怒，也无法从漠然中生造喜悦。况且，你不会幼稚到真把这里当童话世界了吧？

不。当然不。您是对的。只是，我不想让她没有朋友。

她可以有。不过，你把她送进来，是为了交朋友吗？

刘天祺的假期跟以往不太一样。白天，她依然按照李亚男的安排穿梭于补习班间。阅读课的进度已经开到原版的《美妙新世界》，学校的寒假作业只能留待夜晚。而在更深的夜里，她偶尔会窝在被窝里，悄悄点开一条跳动的信息。那或者是一张寥寥几笔的小画，或者是一团横七竖八的偏旁部首。最常见的是去除了所有原音字母的英文和拼音混合，最复杂的一次是一串0和1组成的字符。她费了好久，才发现用的是哈夫曼编码。像第一条一样，信息的内容都很简单，是每天都会说的话。她也用类似的格式回复，今天去了哪里，作业还剩多少，无聊中又有什么有趣的事情发生。只是关于那个要求他一直没提，她等着。

这次他换了一种几十年前的异体密码。她偏着头笑了。他总是神秘兮兮，想得太复杂。微网的确进行分析与过滤，可是她不觉得这些也在模式的黑名单中。何况现在是假期，带宽额度本来就够用。她发了个睡觉的表情符过去，放下平板。屏幕又亮起来。她转过头想入睡却无效，翻身拿起屏幕，分辨那些扭曲的符号。

他说，你来我家，给你看些东西。你答应过的。

她屏住呼吸。时钟指向十一点半，心跳的声音比指针移动的声音更响。灯光稀疏，连李亚男屋里也一片安静。她的确答应过他。可这是什么意思？理智正在渐渐离开身体，手像是不听指挥，开始系上扣子，披上外套，穿上运动鞋。在产生答案之前，她发现自己已经蹑手蹑脚地蹭到门口，然后站在了午夜的街道上。昏黄路灯下她吸了一口气，雪后的清冷空气直蹿入肺，浑身一颤。她先是大步走，越走越快，然后，跑了起来。

他悄悄拉着她进屋。没开灯。她听见自己急促的呼吸，比任何一场考试都紧张。这是没预习过的情况。这算什么？她和他不一样，可是他到底要给她看什么？闭上眼，等一下。他在她耳边说，热气喷得她耳朵痒。好了。

暗夜中，墙壁上是光怪陆离的荧光图画。瓶子中的人形如同鬼魅，林木间的影子拼凑出面孔。更多的则是抽象的大色块和几何图形，不可计数的色彩、形状、笔触、材质无限融合又绽放，像在进行一场盛大的视觉实验。她好不容易聚焦目光，分辨一个局部，却发现那简单的布满圆点的圆筒形状似乎正在缓缓旋转。她把视线移开，注目另一个黑与白的简单格纹图案，却看到格纹交界处黑色和白色的圆点不断跳跃，像要冲破墙壁刺入眼中。他低声说：赫曼方格错觉。仔细看，其实画没有动。欺骗你的是大脑。她定了定神，再次集中视线，一个一个检查格纹交界，发现确实不过只是凝固图案。可一旦她移动目光，那些黑与白的圆点就再次跳跃起来。都是你画的？ 她悄声问，目光在房间里游走，诡异荧光下慢慢看到书桌床铺，还有熟悉的书包、球鞋、校服，心跳渐渐平复。他点头：嗯。指向角落，那是一张兔子的侧面图。

她犹豫片刻：哦，对，也是鸭子。兔子的耳朵变成了鸭子的嘴巴。她想起来进班前她也做过类似测试。少女肖像中隐藏老妇，蓝黑条纹渐变成白金，花瓶剪影形成侧脸，她记得她在所有图像中都能看到另一种解释。

他说，很多人只能看见一种动物。她使劲儿眨眨眼，鸭又变成了兔。怎么会？他说：他们看不见。视而不见。她问：为什么？他说：因为当他们每次指出兔子时，他们就会得到奖励。反馈积累，视觉就倾向于挑选有利的解读，久而久之模式就固定了，就是把微网拿掉也看不见了。感知驱动视觉，而非相反。你明白吗？她慢慢点头，又摇头：你什么意思？他说：别让他们得手。至少你不要。

他的样子让她想起另一个人，不同之处在于她可以反驳那种以为她好的名义摆出的全知姿态。

她说：那你想怎么样？看见兔子还是鸭子，有什么关系？他转过身说：他们能让你看不见鸭子，就也能让你看不见别的。而且你根本意识不到。她说：可是信息过载——他打断：你怎么不明白？黑暗中她看不见他的脸，只有牙齿在黑暗里闪光，不像花栗鼠。不是蒙上眼睛那么简单，这是慢慢把你变成另一个人，会害了你——她再打断：你又是怎么知道的？他张口结舌：我——我、我在救你——她忽然丧失了全部兴趣。

回到家时她眼前还闪烁着荧光笔触。并非全无道理，但是耸人听闻。像他那样的人，她还能期待什么？良莠不齐的数据的确需要微网处理，而奖励则是视觉认知提升的和谐美妙、健康有益，她感受过。她叹气，似乎把一生的经验与观察都填入十三年岁月。男生总是这样，以为自己能拯救世界，她可不愿意当谁想象中的花瓶公主。昏沉中她渐渐睡去，没注意到李亚男屋里的灯一直亮着。只有一点她仍然没明白，他怎么懂得这些？

五

家长是谁？

冷静一下。

夜里十二点半，太过分了！

她是自愿去的。

她才多大？她懂什么！把她送进来，不就是为了她免受伤害吗？

有了微网，该看不到的，她在哪儿也看不到，这点请你放心。

放心？怎么放心得下？覆层里的那些垃圾是过滤了，注意力也是集中了，可是这些小孩，也不是小孩子了，谁知道他们都在想些什么！

那你想要怎么样？

我不管他家里怎样。我知道能进这班，背景不会差。我只是要求别再让他跟我女儿走得那么近。

你不是还担心她没有朋友？

我可不想让她交上这种朋友!

你大可放心。

假期过得飞快。在剩下的日子里，刘天祺仍然时不时接到符号与图案夹杂的信息，但很少回复。她对自己说学习越来越忙，那一夜的冒险就到此为止吧。而在表面之下还有什么她也说不清，只是出于本能将思绪与短信一同封存。屏幕上的“未读”由1变成9，最后以省略号显示，光点在余光里闪烁。屏幕中央是文章、公式、代码，一行行整齐排列，像等待检视的士兵。

开学后她仍坐在老位置。他有时从后面踢她椅子，有时用数位笔轻点她背心，她从不回头。他咬牙切齿：你已经快像他们一样了。他身上又开始有方便面的味道。她皱眉：那又怎么样？就听你的，像你一样混日子？我——唉！他重重地砸了下桌子，跑出教室。她没抬头，继续解题。怎么还是不懂事？

新学期第一次月考她重回前十。实力并未离她而去，而运气这次也站在了她一边。自己正慢慢回到习惯的轨道，很快就会加速起飞，重新占据她该有的位置。课间休息是她值日，她从教室前排开始扫地，故意放慢速度，想看看学习委员的脸。她确信自己能分辨出什么是真实赞许，什么是虚情假意。可她看到他们捂住嘴，哧哧笑。像是想要藏起什么东西，却又怕她看不到。

她问：你们在看什么？他们说：你管不着。她无话可说，又不甘心，忍不住伸手去拿。啪的一声，手被打落。她愣住，何曾经历过这个？好了好了，她不是想看吗，让她看就是了。学习委员似笑非笑。

她看着面前的屏幕，眼睛睁大，脸上发烫，世界嗡嗡作响。不，不是这样的——真的不是，你们别看了——他们说：担心什么，我们想看也看不到呀。难道你看得到？她有哭腔：不，不是你们想的那样——他们说：用得着我们想吗？别以为偶尔考好一次就能怎么样。无视终于变成了轻蔑，而她不知道哪个更冷酷。他们说：烂泥扶不上墙。你说什么？他们说：烂——泥——扶——不——上——墙。你以为他前面为什么没有人？大家都在努力，只有他自由自在，凭什么？那就是烂泥，我们就是看不惯他。你要是跟他一起，也一样。

他回到座位时身上带着操场上的热气。她瞪着他，“啪”地把电子屏扣在桌上。是一张人物素描。圆脸，短发的女孩儿，微微侧脸，带着发夹，笔触细腻，风格写实，一看就是她。他说：我画的，还没画好，没来得及给你看——怎么了？她刚刚在厕所隔间里擦掉的眼泪又涌了出来：你为什么要干这么恶心的事儿！他们、他们都看到了——他摸不着头脑：他们怎么看到的？而且，这画怎么了？他把屏幕翻来覆去：你看到了什么？

她说不出话。他着急了：说啊！看到了什么？

什么也没有。她说。他不可思议：什么？她哽咽：脖子以下，什么也没有，只有手和脚，看不到身体。他明白了：你以为我画了什么？我没有。你看啊，我怎么会去画那种——你看啊！她的抽泣渐渐停止：我看不到。他们都看不到。

他说：因为你们被屏蔽了，是微网！她说：你没画那种恶心东西，为什么会被屏蔽？他说：肯定是算法哪儿出了错。我真的没有！她的声音沙哑：你相信吗？ 他说：当然。这是我自己画的，我看得见！再说，我为什么要——她帮他回答：为了让我像你一样吗？为了留下我吗？他的青春痘变得通红，像是要炸开：我不会为做那种事付出这样的代价。你就宁愿相信看不见的东西，不相信我吗？她听见自己的声音干枯：你不懂。你总是说看到所有的东西最重要，但是你不知道，当其他人都看不到的时候，你看到的，也成了谎言。

那天之后，她没再跟他说过话，他也不再踢她椅子，或者在她背后画圈。教室靠窗角落的空气变得前所未有的平静，以至于她常常忘了背后还有人在。她的注意力全部放在学习之上，心思稍微浮动，语词就会显现出来，像钉子一样把她牢牢钉在座位上。期中考试之后，有跟不上进度的人终止实验，她则第三次进入前十。班主任找到她谈话，问她愿不愿意调往前排，她没显出一丝犹豫。

我就知道你有潜力，所以把你放在后排。你这种学生，得用激将法。班主任满意地点头，在咱们班，最重要的就是自己的动力、定力，还有不服输的毅力——后面说了什么她又没听见，只是在想在离开时会是怎样的场面，最终她决定不去看他。他得理解，她和他不一样。于是换座位那天她真的没看一眼，不知道他的目光是否仍然落在她的背心间。新座位在教室正中的第四排，他的目光无法穿越层层人墙。午饭时间，她在座位上静静咀嚼，再也不用闻浓郁而廉价的方便面味道。

视觉认知调整之后的晚上，她又一次拿出那张素描，头部以下，脚部以上，什么也看不见。她知道那并非一片空白，但是无论她如何努力凝视，视觉皮层仍然没有半点反应。她叹了口气，闭上眼。她其实不相信他真画了什么吧。可她又能怎么办？

六

满意了吗？

这么说就没意思了。我也不想这样，咱们也都是过来人。但是您也知道，现在不比以前了。等到她成人的时候，好摘的果子一个也不剩了，能拼的只有实力。从幼儿园起，一步一步积累的硬实力，费了我们多少心血。我现在要是不管，她以后才会恨我。

所以，打算付出多少代价？

代价？所谓的友情吗？您不是说过，到这儿来不是交朋友的吗？就这些小打小闹，等到上了大学，走上社会，真的还有用？您又还记得几个中学时期的朋友？

我说的是定向屏蔽。

他们又没看见什么不该看的。本来也没什么，要不是您执意护着那家长——

这是用个人好恶来影响技术应用，这可不在协议上。

这不是你们一直在做的事情吗？别告诉我说您还相信技术中立的那一套。什么有用，什么没用，看什么，不看什么，模型、参数和阈值，不都是人决定的吗？

刘天祺在第四排过得不错。这里处于教室腹地，既与教室前排的尖子生保持一定距离，又与教室后排相距足够远。位置中庸，视野开阔，正适合心无旁骛学习。如今她不再想要通过进入圈子证明自己，实力才是硬道理，只要她够努力。

那句话仍然时不时在她心里回响。羞愧与愤怒渐渐淡了，她如今把刺耳当作动力。她已经走了第一步，接下来她会把那团泥从哪儿来的，扔回哪儿去。她有这个信心。第三次反馈调整之后，她的视野和思维更加澄明透彻，学习本身从来没有像现在这样令人着迷。

数学与计算课正讲到集合论，在那根有限的数轴之上，她可以看见格奥尔格·康托尔如何用一条金色的对角线，将无限的世界投影其上。在那列如同士兵一样坚定挺立的自然数列间，竟然隐藏着最多、最密集的无理数。那是一个隐匿在空白中的世界，只有当计算圆的周长和直径之比，或者构建一个无限分数，无限约分时才慢慢显现。然而她看得到它们就在那里，就如在康托尔或者博赫纳的眼中一样，那是一个更为宏大的图景的一小部分。

影响并不仅仅在于数学成绩。信息过载时代，知识唾手可得，不断吸收、变化、重组的思维体系才是更为普适的利器，可以在积累了千百年的各个领域中以最高效的方式抓住精髓。她发现自己可以轻易理解古典乐中那些装饰性浓重的繁复乐句，也可以在充满意识流的后现代文学作品中分辨天才的隐秘意图。古老的大师们从艰苦卓绝的练习中无意识地习得的高超技艺，用千百万个细小的节点贯穿乐章或文本的分布。词语、和音、主题、形态、分支情节、华彩段落，隐秘混乱之中是严格计算过的雕梁画栋，和数字与符号一样，通往同一个无限的尽头。她真正理解了无限本身。

而这只是她正在理解或者将要理解的关于世界的许多种基本概念中的一个。这些概念由于过于抽象，在过往的千百年间，一个人往往需要在某个领域里皓首穷经才能触摸得到一鳞半爪。但是现在不一样。在认知工程学的帮助下，人类，至少是一小部分人类千万年来受到的桎梏渐渐脱落。今天，即使是少年也比过去的先哲站得更高，看得更远。她不是很清楚这意味着什么，只是心怀巨大的惊讶与赞叹。学习本身变得令人上瘾、不可抽离。屏幕边缘的“未读”光点早已在周边视觉里黯淡。她没有再点开过。有时，她会觉得张一鸥的目光仍然会降落在她身上，但是每当她回头，在一片低伏中，他常常仰着头，呆呆地不知道在想什么，也不看她。那时候她会松一口气，又有一点点失落。

第二学期期末进行中期评估。此时他们的学习进度已经相当于普通的大学四年级。在认知技术的配合下，她并不觉得学习本身的压力如何巨大——如今她甚至无法理解，为什么就在大半年前她还在为椭圆曲线和三角函数头疼。但兴奋与紧张的气氛仍然渐渐浸染了空气，各种各样的情绪在一张张和她一样尚存稚嫩的脸上隐现。于是在每一堂课间、每一个夜晚她都手不离笔。

要劳逸结合啊。李亚男拍她肩膀。她听李亚男讲过，当年为了咬牙赶上大城市的同辈，她都做过什么。第一次听时她还有些不耐烦，但是现在她知道，假设母女位置对调，她们俩，在那时，在现在，都一样。

中期评估结束那天晴空疏朗，她听见久未出现的蝉鸣。操场边的浓郁树荫下她舒展肢体，感觉像是从泥土中破茧而出。五门考试她都答得几乎完美，可能是她中学的最高巅峰。揭晓成绩之前成竹在胸又微微忐忑的日子将成为以后一再回味的片断，她试图记住每一种感觉、每一个瞬间。

班主任在叫她。她怀着兴奋小跑。可那表情比她想的冷漠。她放缓步子走进办公室，脱口而出：怎么，你也在？

他靠在窗边抱着双臂，挑衅地看着她：我怎么不能在？她脸颊发热：不是那个意思。我就知道，你很聪明的。他眼中闪过一丝不忍，混合着惊讶。

刘天祺。班主任进来了：挺努力的，想当好学生啊。既然想当好学生，那为什么要作弊？窗外的蝉鸣忽然消失了，她的世界变成一片空白噪声。或者说，协助作弊？班主任瞥了他一眼，想说什么又没说。你看看这两份卷子，客观题就不说了，主观题是怎么回事？她颤抖地接过试卷，熟悉的字体没错。班主任敲着桌面：怎么做的？说说吧。

老师，我，我没有——她的声音中带着哭腔，我，我不知道——你们之前传的小条，系统里都有备份。对面的人声毫无情绪，像在谈论一道至关重要但是又无关紧要的习题。这次，又想了什么歪门邪道？我真的没有。她猛地转向他：是你对不对，是你！

他转过头不看她，从牙齿间慢慢挤出话：承认吧，你跟我一起。她一把抹掉眼泪：我才没有！你——班主任打断她：行了，女孩子家像什么话。平时成绩还可以，补考吧。本来应该直接开除。

那他呢？她指着他，他成绩一向不好，还做出这种事，他就没事吗？都是他，得先开除他！男孩转过身来看着她，眼神中没有一丝愧疚。她意识到自己面容扭曲，正伸出食指，直指着他。你跟他们一样了。她从他抿紧的双唇间无声读出词句，慢慢放开手，抱着膝盖蹲下。

起来吧，别哭了。班主任走后，他来拉她。你别碰我！她用了最后一点力气，一把推开他，你到底要干什么！他几乎是强拉起她：我真的在救你。跟我来，我带你看个地方，就在学校里。我不去！我不信你说的那些——她哭得嗓子哑掉：你为什么总是缠着我！

他过了好久才开口。她本以为自己知道答案，可他的话让她睁大眼睛。

七

这不公平，您得给我们个说法！

公平？作为这个班的既得利益者，我还是第一次听见家长想谈公平。

那不一样。没错，我们比起外面的学生，是先聪明起来的一批，可是这也不是天上掉下来的啊。没有我们努力在这个寸土寸金的地方站稳脚跟，她能有今天？就是再有天赋，起点低，还不是跟外面那些学生一样？

你不曾经也是“外面”的学生吗？

没错，校长。我和您不一样。我没法在大城市里随便学学就能上隔壁那几所大学，然后靠着父母轻松找份工作。我是拼了命，才走到今天。我更知道什么是公平。我父亲是乡下的老师，没让我像其他女孩儿那样，读完初中就打工嫁人。我从小就知道，对我们来说，教育就是唯一的桥。我们的命，未来孩子的命，都在那一道道题里，一视同仁，答出来，就翻身。公平，看起来很公平，对吗？

你想说什么？

我进了全县最好的高中，也进了最好的直播班。直播班，您还记得吗？当我从直播里发现，大城市的学生只要不到五分之一的时间，就能理解同样的概念，解开同样的题，您无法想象我有多绝望。这不是多考几分的差距，也不是多懂得几个知识点的问题。这是智商、情商、视野、思维方式，全方位的碾压，一种人对另一种人的碾压。现在您还觉得，那一套卷子公平吗？

可你还是成功了。技术成为公平的桥梁，你现在站在这儿，跟所有走到这里的人没什么两样。

您错了。他们在每一步都有选择，有退路，而我从来都没有。您也不知道，在当年一个直播班背后的是什么。您相信吗，我就是到现在，还有时候会做梦看着一套卷子，一个字儿也写不出来。然后我就掉到村口那条河里去，河面上没有桥，浮着的都是脸。我那些中学同学的脸。

时代不同了。

不同？有什么不同？不过是变得更难了。您也不用劝我，我知道，就是在这儿，就是在这个学校里，哪儿没有三六九等，哪儿没有隐形规则？金钱、权力、家庭背景、学习成绩、思维认知能力，只要有个舞台，什么都可以形成阶级。

你想得太多了。她没受到什么实际影响。挫折，也是一种——

我要求保证我们家孩子一直在班上，不管出了什么事。必须。

刘天祺坐在座位上，没有看前面的投影，也没有看手里的屏幕。她抬头往后仰，听见自己的颈椎咯吱咯吱轻响。已经放暑假了，教室里没人。夏日傍晚的阳光明亮，投影上的字模糊一片。她的眼睛被阳光刺得疼痛。之前窗帘紧闭，她没发现，原来教室里，也能有这么亮的光。

在她座位正上方的天花板上，有一块小小镜面。教室屋顶到地面垂直距离 2 米，第四排正中与最后一排靠窗的水平距离 4.5 米。三个 45 度镜面反射构成光的通路，可以看到她桌上的所有答案。光的反射原理。她明明学过。屏幕上的“未读”标记越来越多，那天的情形，一遍一遍在她眼前回闪。

你看啊，看啊！看看你每天中午吃的都是些什么！他胡乱地指向各处，可她只看到窗明几净的操作间，排列整齐的不锈钢柜。他口口声声说的霉变、腐烂、污秽，在她的视觉皮层上，在她的意识之海里，踪迹不见。

他们在骗你，一直在骗你！你看啊！他本就起伏不平的脸被愤怒与失望扭曲得更难看。可是为什么？这可是最好的学校，最难进的实验班。她记得自己努力保持冷静：微网是用来应付信息过载的，过滤的是不良信息，为了保证健康——还不明白吗？他们想让你看见什么，就让你看见什么，没有选择！你以为我为什么老吃方便面？什么狗屁健康，不都是他们说了算——可是，吃起来也没什么问题——廉价调味剂，添加剂，像视错觉一样的拙劣把戏，你就是屎吃久了，都会觉得没——呸！你以为你是谁？她彻底被激怒，你怎么证明你说的是真的？所有的人都看不到，就你看得到？你还真以为你是谁？你不过是个栽赃、陷害、妄想症，自己做了事情不敢当的胆小鬼。我真的是在救你——有什么用？这就是你拖我后腿的理由吗？你以为人人都像你一样，仗着家里有背景，就能践踏别人的成果？你知道我有多努力吗？你知道我妈妈为了把我送到这里来，奋斗了多少年吗？不是这样的，你们都被蒙蔽了，你怎么就不能用脑子想一想啊？这网是他放进去的，但是是你们自己不拿下来啊！

纨绔子弟。她说，别再自以为是，别再烦我。你和我不是一路人，你能在这，不就是因为你有一个好爸爸？没有他，你什么也不是。烂泥。你说什么？他的声音忽然变轻，变潮湿，你真的这么想？我一直这么想。她越说越快，像是在答论述题，无数个片段纷至沓来，拼成圆融的答案。否则就凭你，怎么会一直留在班里？否则怎么没人欺负你，连老师都不敢动你？否则你怎么会懂得那些东西？都是你爸爸给学校捐了钱吧。你那些歪理没人会信，只能骗骗你自己。烂泥。

她记得自己转身冲出那个冰凉的操作间，没有多待一秒。不锈钢门在她身后轰然合上，把谎言与冷气都紧紧关闭。他说一切是骗局，可他自己又何尝不是骗子？

晚饭又是李亚男下厨。她以完美答卷通过补考，依然留在班里，值得庆祝。母女俩慢慢吃饭，李亚男拣了块鱼腩，放在她碗里：要汲取教训。学习为重，不该交往的，就——知道了，她低声打断。正要夹鱼，筷子忽然摔落。

从急诊出来已是深夜，李亚男攥着诊断单，斜靠在医院外墙上，忍不住想要摸一根烟，却发现自己还穿着居家服，手包忘在家里。食物霉变导致的急性肠胃炎，诊断报告被她展开又揉成一团。更让她不解的是，她问天祺是不是在外面吃了什么，女儿却不肯说。实在被问得急了，天祺就装睡。她忍不住提高声调，挂输液瓶的护士皱起眉。妈，别丢人了。天祺闭着眼小声说。

丢人。李亚男使劲揉搓太阳穴，到如今竟然是女儿嫌弃她丢人。家里菜钱每月不限，有机农场直送，保姆的健康证她每年都检查。天祺每天下学准时回家，从来不在外面吃什么。她得冷静。

八

今天，我们不谈教育，也不谈科技。就谈这个。

我看过了。很遗憾发生了这样的事，可是你要说这是学校的问题，得拿出证据。

证据？我女儿在医院打了三天点滴，霉变食物导致，这还不算证据？

这只是恶意揣测。你亲眼看见了吗？后厨的状况已经应你要求展示过。

谁知道你们是不是连夜转移了证据。今天你要是不给我个说法，我就不走了！

李女士，你可是体面人，撒泼打滚可不应该。你可以在这儿等着，爱等多久等多久，我会以造谣诽谤罪向你发出律师函。

张副校长，你摸摸良心，我是多信任你，家长们是多信任你，才把孩子送到这里？认知工程实验、革新教育体系、保护成长、开发潜力，新时代下的必然召唤，说得好听，可是你对得起我们吗？

你的心情我很理解，发生了这种事我们谁也不好受。可还是那句话，说话要讲证据，你看见了吗？

我再问你一次，你对得起我们，对得起我女儿吗？

你可以自己问她。

李亚男惊讶地看着刘天祺走进副校长办公室。女孩向校长鞠了一躬，没接她的目光。三人分别站在桌子的三条边上，形成一个三角形。

刘天祺，请你评价一下，在认知工程实验班的一年，怎么样？

终身受益，终生难忘。她对答如流，微网让我看到这个世界的本质模样，正反馈激励措施让我将注意力带宽放在最重要的地方。我学的不仅仅是知识，而是看待世界的视角。这些视角来源于——校长打断她问：你觉得学校的午饭如何？要诚实。她说：虽然口味比不上家里的，但是营养搭配上没什么问题。他问：那你有没有去过后厨？看到了什么？照实说就好，不用担心违反纪律。她说：去过。

看到了什么？李亚男急切地问，女儿，别害怕，有妈妈，说啊。而她转过头来，直视着李亚男，眼神没有闪烁：很干净。什么也没有。不可能！李亚男不知道该向谁怒吼，你们、认知工程……你说啊！

她努力想从女儿脸上分辨出一丝隐瞒的愧疚，可是那张年轻的面容上什么也没有。她被教育得太好，甚至不会说谎。

李女士，实验班有多难进，多难留下，你不是不清楚。不要因为你的愚蠢偏执，耽误了你女儿的前途。张副校长不带感情。校长，我想留下。我一定会更努力！刘天祺转向校长，我妈妈她，我会讲清楚——她提醒了李亚男唯一还能做的是什么。不行，你不能再在这里了，李亚男说。你凭什么替我做决定啊？她猛地转向她，从小到大，凭什么！校长打断她们：好了，这里不是你们吵架的地方。李女士，你和孩子都回家吧。今天就到这里了。至于后厨问题，没有人证也没有物证，到此为止吧。

我有证据。

门口站着的是他，举着一枚存储器，一步一步走进来，三个人的目光都紧紧跟着他，而他看着她。他的青春痘更多了，从鼻翼扩散到腮下，模糊了面部轮廓，像一张点彩画。她发现自己从来没有真正认识他。

够了。谁都没看到的东西，几张图片，就不能是造谣吗？男人语气冰冷，别闹了。为了引起女同学的注意，姜黄粉红曲粉，抹在食材上，当作霉变，画画得不错，是不是？男人站起来，双手撑在宽大台面上，逼视着男孩，面部月球表面似的坑洼里有了情绪。她忽然察觉到两人的神情极其相似，望向李亚男，发现她也在注视自己。两组视线在空气中黏着交错搭成跨越时间的桥。她隐约明白了什么。但是她不想明白，不想看，不想听。感知驱动视听，声音与场景都渐渐模糊。她不关心真相。不重要。她只想回去学习，令人上瘾的美妙学习，一个又一个在她眼前展开的新世界，她刚刚体验到。她想得很清楚，不是为了李亚男的期待，而是为了那种感觉她愿意付出某些无法言明的代价，这是十四年来的第一次。但在李亚男的眼睛中，她看到自己的未来又一次像鸟儿一样飞走了。

一个星期后，刘天祺在李亚男的坚持下离开。没有人抬头看她，就像她来的时候一样。他的座位也空空荡荡，那天之后，她再也没见过他。张副校长负责实验班工作，她在招生的最后一关见过。她依稀记得他指尖下的那些图片，和那些黑夜中的荧光笔触相仿。

微网从视觉皮层取出，无痛无觉无痕。她回到原来的学校，按部就班地当一个普通的好学生，每天中午在课桌上吃李亚男准备的午饭。符号与文字的美妙舞蹈、知识与思想的宏大乐章从她的脑海里悄然消逝，像一场梦。她又能看见书脊上的字了，但目光没有停留太久。后来她想起来，在看见和看不见之前，她早已长大很久了。

四年后的高考她发挥失常，勉强上了一本线，和李亚男当年无法相比，李亚男没说什么。临行前收拾行李，她打开书柜门。在那些松脆蒙尘的纸书背后，她找到一个铁盒，打开翻出一张素描。那张她曾经看了很久却看不到的，自己。

圆脸，短发，戴着发卡，脸颊微侧。曾经令人痛苦，怀疑，愤怒的一片空白中间，是她的一双手，在胸口捧着一只没有画完的小兽，像捧着一颗心。像兔子也像鸭子，还有点儿像一只睡着的海鸥。

咬紧后牙，抿住嘴唇，在茫茫旅途前的最后一个漫长黑夜，她无声哭了。

慕明，本名顾从云。生于1988年，现居美国。程序员，2016年开始创作中短篇幻想小说。文章散见于多种网络平台、选集、杂志等。部分作品被译为英文、意大利文。曾获2017年—2019年豆瓣阅读征文大赛科幻奇幻组数个奖项、2018年未来科幻大师征文一等奖、2019年第十届全球华语科幻星云奖年度新星奖。

绯红杀手

靓　灵

一、沃夫的直播间

（花白短发的太阳系人额头出现在直播画面下部，镜头晃动，男人的脸与上身被调整至镜头中央微偏左。男人身穿蓝色夏衣，领口有磨损，胸前印花洗至褪色，勉强能辨认出字样为六种常用语图案绘制的沃夫零件店商标。男人身后为常见布局的单人宿舍，杂物与小金属制品较多。男人动作迟疑地向镜头缓缓挥手，视线在镜头与镜头之外某处来回移动。画面底部滚动播放观众实时发言："这是谁？""沃夫呢？""是员工吗？"）

我……我被锁在宿舍里已经一天多，通缉令昨天在全星区广播通告，说我在绯红上杀了人。但我什么都不知道！跟船上大家伙儿一样，我自己都听了半天才听明白通告里那个斯里坎不是同名的别人。我们小老百姓日子过得好好的，怎么会去做这种事！

我想联系我儿子沃夫，今天给他打电话，他都没接。离泊船还有几个小时了，现在外交这么紧张，我怕以后没有机会说话了，也怕被送到什么无人之地去，联系不上他，只能用他开店的账号来直播。你们知道怎么找到他吗？

（太阳系人紧盯屏幕阅读。底部滚动发言中有观众找来了通缉令图片。“居然是真的？”“叔你杀了谁啊？”“赶紧讲讲！”）

讲？讲了有什么用吗？

一开始我还慌得满地走，现在连慌的力气也没了，既不知道从哪里说起，也不知道以后会怎么样。但如果，我是说如果，在绯红上那时候我真伤着谁了，也绝不是故意的。

我以为那里连个人影都没有。你们让我讲什么？讲了，我就能没事吗？

从刚接到广播到现在，我已经二十几个小时没睡过觉了，反复地回想在绯红上见到过什么、做了什么。

当时蓝海牛号，也就是我所在的这条大船到了绯红，熄火停在卡门线上，下面情况隔着大气看不清了，红外线测到行星温度很高。

可不管是什么恶劣的虎穴狼窝也得去，因为我们急需一些符合要求的石头，给大船造一面防护盾。没有盾，船在宇宙里航行就没有任何安全保障。需要的量不多，一艘小分离舱就能取回来。实际坐工程登陆舱下去的，是我和木村熏，还有她养的老鼠。

木村是驾驶员，负责开登陆舱，我负责判断什么石材能用、伸哪根管道下去勘探或者用哪种方法采集、什么地方的岩体能安全停靠。下降之前，我们照例模拟了几张环境预测可视图，数据不太足，加上因为有高温和大风，算出来预测结果里概率最高的几种，都是像沙漠或者峭壁之类的少水强气流环境。

当时船员们聊天，预计最好的情况是直接碰上整块硬质岩石地表，深度超过 50 米、温度低于 200℃、能直接降落或至少低空悬停，然后用小钻杆采集固体石块。我们是矿船，只要合适的材料上船了，要提炼、要切割、要打磨，都能办。所以船长的期望也不高，能在绯红上找到任何一种普通的固体硅酸盐，也就是硅质的石头，就能满足当时所有紧急需求。相对地，最坏的情况是大面积流质岩浆地表、大气底部高于 600℃，完全没有结实的地方停放登陆舱，那就只能往极点相对冷的地方走走，或者更糟的话，浪费一天工夫，回蓝海牛上去，换个半球再分离下来找。

除了那些我不懂的新材料盾以外，真空里大多数低分子固体材料的磨损度都差不多，所以基本上只要是没有定向密集裂缝的固体区别就并不大。

我和木村在南纬 25 度附近从蓝海牛号分离出来，坐着小船穿过高空的甲烷与硫化氢云，高度降至800到1000米，下方一直有棕橙色的低空硫化合物大气，各种能见测距都很低。保持在这个高度，我们沿经线方向朝正南走了一小时，粗测大概走了12个纬度，再走一会儿都该到极点了，除了无边无际的模糊的岩浆海和单个最大不超过一百米长的岛群以外，什么也没看见。别说人，我连一滴水都没见到。

就连气体温度都高成这样，岛群很可能只在与大气接触的地方有薄软的蛋壳，经不起敲钻开采的折腾。没有陆地，没有沙子，没有冰，到处都红红黄黄的，跟古早电影里的地狱一样，这种地方谁能猜到有居民呢？你们猜得到吗？就连探测生物用的耗子也没吱声，耗子都嗅不到，我们怎么能发现呢？

一直到整罐燃料快用到一半、必须返程时，我们都没找到一块方便降落和开挖的大型陆地，于是只好退一步，准备在南极附近零星漂浮的石头岛屿试试。木村是科班毕业，我信任她的驾驶操作技术，如果地表实在薄软、连悬停喷气都撑不起，我们也应该能紧急起飞。跑了这么远，至少标记一下能派上用场的地方也好，哪怕只能找到碎石，来回多运几趟也行啊。

蓝海牛号接受了我和木村的提议，让我们标几个勉强能用的定位以后，先回去换燃料罐。

我们挑了一个相对宽阔平坦的小岛，往那个方向抛射定位针，用的是最便宜的那种箭式短波定位器，扎石头只能扎半米深，没有任何毒性或攻击性。因为不确定岛面石头温度，所以我们盯着定位器插进石头里，确定它没有融化才离开。

我们回去休息了一夜，第二天睡醒的时候，蓝海牛也直接停在了定位器的上空，当然还是在外空间……

（敲门声。男人停下讲述，低头拉扯夏衣，又抬头盯住屏幕。胸口图案在布料上扭曲变形）

你说，我是不是早该听你的，装一个新材料盾？装了，这些事儿不就都没——

（直播中断）

二、木村熏的证词录像

……是，与斯里坎君和我一同去往绯红的探鼠，是我登记在案的个人宠物，同行外星物种登记号为tt-3064812。这只探鼠是家母生前留给我的遗物，我将它带在身边，一为保护自身安全，二为怀念家人。

和其他的成年探鼠一样，tt拥有探知四周陌生生物体征的本能，并且会在足够靠近时发出警告的叫声。它的上一次体检和保养是半年前，健康状况没有任何问题，宠物医院体检报告仍有保留。

我很喜爱这只宠物探鼠，有时候也会为它录制视频放到网络上，作为养鼠生活的部分记录。这类影像十分受小型外星宠物爱好者们的喜爱。虽然没有系统学习过探鼠语，但抚养tt多年下来，我已经对它有了足够的了解，原本我是这样认为的。这份盲目的代价，我已经体会到了。

从工程学校毕业后至今四年，我一直在蓝海牛号就职，转正后职位为驾驶员。每标准年，随船出航三趟，每趟来回两到四个月不等。这一次航行计划 60 天，实际用了 103 天。

最初工地上发生的设备故障，我只是略有听说，并不太清楚，只知道有什么坏了。蓝海牛号因此在钻掘尚未完成时离开工作区，去了原先计划所没有的地方购置用具，结果去程又遇到了坏的天气，冒险穿过了一阵百毫米级的中速陨石雨。虽然大船的主体并没有损伤，但即使在肉眼看来，护盾的完整程度也已经远低于安全标准，显然不能继续使用了。

施工问题之后接连又碰上恶劣天气，我原先以为自己难以想象如此重大事故的连续发生，只是因为资历尚浅，但之后听无论谁都说，这样不幸的事件实在是少见的。

船长和几位组长在不同场合的争吵，那几日大家都看在眼里。蓝海牛号如果在进港时没有一面完整的盾，将会面临罚款和扣押行船执照的可能，这是船长不能接受的。水冰制成的临时护盾也许能起到短时保护作用，却无法通过港口检查，只要穿过人类居住地的大气，冰就会变成水蒸气了。即使能坦然面对交通法规的惩罚，工期的延长也已经使备用水储量变得危险，不能像平日使用时那样奢侈了。因为这些原因，用生活物资造临时盾的建议在短暂的讨论后，很快就没有人再提了。

几天之后驾驶组接到的工作内容，是从当时所在的乡下商船出发，再次临时偏离航线六百二十个单位，到最近的红巨星星系去，元素光谱显示那里至少有一颗行星硅质丰富。

直到之后返回大路连上网络，我们才知道那里叫绯红。那颗行星给我留下的印象，并不像它的名字这样美丽。

因为工区之外全都是陌生的航路，所以前辈的驾驶员们没有给我安排路途上的工作，他们轮班，我只用坐在副驾观看学习。所幸是这样的安排，否则若是我开船遇见陨石雨，真不知道该怎么办才好了。

对照星空寻找方向这样原始的行为，只有在没有网络的地方搜寻低辐射陌生星体时才会被用上。绯红所在的是小而暗淡的恒星系，唯一的固体行星离恒星又太近，所以搜索一开始有过一阵困难。前辈们从仓库灰尘里所找到的钛芯信号增强器，在探测中起到了关键作用。

在行星表面驾驶比星际驾驶简单一些，小体量分离舱驾驶又比大的蓝海牛号驾驶简单一些。因为我在驾驶组工龄最小，所以被分配了下降至绯红表面、协助寻找护盾制作材料的工作。带 tt 而不是陌生的公用探鼠一起下去，也是在这个时候决定的。

在许多人类眼中，探鼠是工具型生物，它们会被驯服并带离原住星系，原本就是太阳系人为了在这样突发的、去往陌生区域的状况中，能够预先获得外星生物靠近时的警告信号。碳基生物的五感能接收信息的范围常常很狭窄，习惯于搭建单一物种社群的太阳系人尤其如此。

就像日常生活在行星表面的人每日出门只会带一盒食物一样，在原计划 60 天的工作开始前，我预先为 tt 准备了 65 天的食物和睡草。矿上工程进展的不顺利与意外事故的发生，使得最终回来的日期显然将比计划推迟许多，公示牌上原本应该立即修改调整的新日程也迟迟没有公布。即使再怎么节省，我也得做好使用公用鼠粮的打算了。

几年如一日的食谱突然完全变化，可能会令这种敏锐的小动物难以接受，所以我向厨房要了一些探鼠的粮食与睡草后——虽然这么说很不好意思，但公粮的质量光是看上去就很差——以每日渐变的比例混合好提供给 tt。

改变食谱之后不久，tt 的身体状况出现了变化，它开始在轻度亢奋与萎靡不振之间切换状态，若是要形容，感觉有些像太阳系人躁郁症之类的社会疾病。我放心不下，去询问了提供粮食的同事，他们才告诉我，这种大量批发的船用的鼠粮与睡草没有品质上的考虑。

为了预警外星人而存在的工程用探鼠，是一种体表感知器官功能纤细发达，但有智力缺陷的生物。船员们不在意它们的心情好坏。因此在远离家乡星系的不良生活环境下，公用探鼠的精神与身体都比作为宠物鼠的同类要差很多。于是又为了对抗这种情况，让探鼠们能保持探测状态，跟随船员行走在外星球表面时能及时预警陌生生物，那些鼠粮中有微量神经促进药剂加入。

从出生一直食用无添加鼠粮、在吸音阻光达到九成以上的高级睡草中休息，这样长大的 tt 来不及适应突如其来的变化，精神开始变差。但人类的食物，探鼠是绝不吃的，所以没有别的选择。而愚钝的我居然没有把这些与它之后的奇怪表现联系起来。

是事后回忆起来才想到的。蓝海牛号距离临时目的地的红巨星系五单位时，我与大多数船员一样，正在按照标准时间作息睡觉，tt 在盒子里发出的声音叫醒了我。从吃公用鼠粮之后这样突然叫唤的现象时不时就会发生，所以我并没有感到异常。下床在 tt 的睡草盒中添加了一把高级货之后，我继续休息到早晨，直到大船停在绯红星的卡门线上，tt 才重新从小窝里被我拎出来，与外面的声光接触。

从那个时刻开始，到我们开大船离开绯红红巨星系之前，它没有再发出任何声音。

进入绯红行星大气的第一次经历，与网上流传的，斯里坎君在接受拘留前所说的话都一致。

第二次下降的时间要短得多，我们没有再做更多探索，直接去了前一日最后标记的地方。我在斯里坎君的指示下，悬停在一片插了信号针的小岛上方，像从完整的西瓜上挖切一块三角出来那样，斜切岩石岛面。

足够熔铸护盾的那么大一块石头切下来之后，下方的岛屿开始地震。悬停拖慢了我们的警觉，等发现小岛在晃动时，四周的岩浆已经出现了如同风卷海浪般的动荡，大气的温度也一浪一浪地扑向分离舱。

我和斯里坎君都不明白怎么回事，但有两件事情肯定是紧急的：第一件是立即上升分离舱；第二件是如果有可能的话，尽量带上几乎快挖出来的石头一起走。

以损坏一根分离舱工具肢为代价，我抓起几乎切断的石头，强行从岛面上撬下来带走了。升空时我们看见了不可思议的景象：附近所有的小岛都在岩浆中沉浮，而且它们边缘水位——岩浆位？——的变化方式并不完全一致。

我们以为那是解释不了的地质现象，斯里坎君懂得很多关于材料的事情，他说这可能与绯红的星球内应力有关。直到蓝海牛回到太阳系之后，我才知道，那些岛屿居然是绯红的居民。

三、咕普拉辛达批法医的验尸报告

（以下陈述为译文）

按照该星区规定，报告之前，咕普拉辛达批，陈述原因，解释为何未能及时到达并解剖被害者绯红之子的身体。

事故发生地绯红行星所在大星区，约96%已知生命为超低温生物。该星区无在职且配有执照的、体温两千至五千摄氏度生物法医。咕普拉辛达批从临星区来，到达时绯红之子已经结束冷却，进入分解状态，与太阳系人完成伤害动作并离开时状态有所不同。以下报告，请听者结合这一要素考虑。

下为报告：

绯红之子死前受到三次可追寻痕迹的伤害，两次直接伤害，与一次延续伤害。以时间顺序为基准。

第一次伤害为太阳系人称之为短波信号发射器的物品接触绯红之子体表所致。第一件凶器起到了麻醉作用，陌生频段的短波干扰了绯红之子身体中受体磁场控制的体液流动。

可见短波信号发射器停留过的体表冻伤之严重与急迫，远超过信号发射器融解所需热量，因此该处冻伤并非直接从凶器发出，而是绯红之子主动降低局部体温所致。由测得的信号发射器分子扩散速度反演，绯红之子发现凶器麻痹身体局部后，不理解其运作原理，为防止麻痹效果扩散，主动令更大面积的局部身体降温致冻伤，程度未知。

绯红之子受到初次伤害后，试图以冷却的身体局部包裹异物排出。该动作未能完成。

第二次伤害为太阳系人称的石材切割机接触绯红之子体表，暴力移除部分硬质皮肤所致。

第二次伤害刚开始，绯红之子以绯红种族的社会习性判断，错误地以为体表变化为动作发出者正在施以治疗，以为他们在尝试帮助移除之前的异物。因此即使已经注意到太阳系人的动作，绯红之子也并未立即做出反应。

伤害进行到一定程度后，绯红之子皮肤被强制切断。该伤害深度几乎达到皮肤内层边缘，并未直接切透，但伤口处剩余薄层皮肤已无力应对自身体液压力。

剧烈不适令绯红之子振动身体，其周身其他居民同时做出回应，流向突然混乱的环境液体加剧了绯红之子伤口的恶化与不可控程度。

此时太阳系人离开，并带走一块绯红之子的皮肤。在53号证据“蓝海牛号护盾的切片”中，找到与绯红之子物种同源的生物物质，物质类型为绯红人皮肤组织。

第三次伤害为间接延续性伤害，在太阳系人离开后，由绯红之子体液从两处身体伤口喷涌导致。失去平衡的绯红之子，在接下来的约180个太阳系标准小时中流血身亡。

四、tt的自言自语

（以下陈述为译文，原文来源于斯里坎直播后一周，某外星小语种爱好者网友对木村熏个人主页中的宠物视频所进行的听写摘录。视频录制时间为绯红案件当日，蓝海牛号正从近绯红轨道回到高速航路途中）

巨大生物。巨大声音。巨大危险。红色地方危险。巨大生物。更近更危险。近处不能警告。现在是极限的安全距离。再靠近就不能发出声音。声音惊动巨大生物。混乱。食物坏的。食物不好。饭增加感知危险的力量。

混乱。害怕。红色。巨大生物危险。不要靠近巨大生物。

五、蓝海牛号船长在《宇宙人》杂志头条上的独家专访视频

我是斯里坎的老板。我们共事已经二十多年了，无论年龄和资历，他都是蓝海牛号上最老的船员。老坎平时不怎么幽默，是个谨慎又很有能力的人，这么多年以来几乎没出现过什么工作上的失误。在船上一起喝酒的日子好像就是前几天，但事实是，从到港开始算起，我已经半年没有见过他了，一切探视都被拒绝了。

斯里坎以前在船上主要管耗材，零件工具、水食日用，只要是快速消耗品，订货采购和派发就都是他做。

他是个工作狂，很多可以丢给年轻船员干的小事儿，他也亲力亲为。这人没什么生活，除了一遍又一遍检查船上的设备和账目，其他时间就待在房里折腾他那些乱七八糟的小物件。很多配件商当垃圾准备扔掉的处理货，小零件、残次品、各种怪模怪样的小东西、低价处理的金属边角料，或者他儿子零件店里那些新奇玩意儿，他总弄点这种东西回来，也能算是收集癖了。

只要不忙，他就老窝在宿舍里，研究折腾那些小东西。实在没事儿了，也四处溜达，给能源组修个炉渣扇，给厨房造个

冰压计，再不然就拿炼废的镍块做点龙啊狗啊之类的摆件。每次喝酒都是去我的宿舍，因为他那房间就像个工程废品库，根本没处下脚。

除了这些，斯里坎生活里唯一与蓝海牛号上工作关系不大的，就是他儿子了。这爷俩都固执，经常为了屁大点小事吵架，但实际上感情好着呢。逢年过节，大几百光年也要跑回去吃饭拌嘴，吵吵嚷嚷已经是他们相处的方式了。前两年老坎把大半辈子积蓄取出来，给他儿子沃夫开了家零件店。

关注过这个事件的人大抵也知道，我们离开原定申报过的航线去绯红，是因为船的护盾磨坏了。蓝海牛是几十年前的船型，很多原装配件都不生产了，得跑到专门的修理改装店去定做。说是定做，其实也是拿基础款零件改改，我们一般用老工艺切割的五级合金，加融一层合金圈来契合船型，便宜、不耐磨，这是为了每次出一趟船就直接换一张盾，损耗报销记录也清楚。

按理说平时跑工程都在高速路上，周围星系少，气象局也都会提前计算好陨石和太空垃圾的情况，方便行船避开坏天气，很少有什么大磕碰，所以其实长期用一张盾算下来更便宜。我当然知道斯里坎他儿子就是做定制新材料护盾的，早就等着他开口了，只要是他说质量没问题、性价比合适的零件，蓝海牛就用。但老坎人太老实了，怕人嘴碎说他公款往自己家送，从来没给我提过要在他儿子店里买盾。

最后那几次喝酒，他还唠叨说自己肝和心脏都越来越不好了，想退休，但儿子店里生意还没热乎，还得多挣几个钱。

我也是嘴贱，嘬着酒心里想，能稳定照顾你家生意的人不就坐在跟前吗？结果说出口的话却成了，除非你斯里坎死在我前边儿，不然别想退休了。船配市场里打泥巴滚的经验学校又不教，你没了，我上哪儿去找靠谱后勤哪？

现在我就想给当时说那话的自己两个嘴巴子。

老坎虽然义务教育之后就没上学了，但对材料、结构、工具零件有自己的一套识别方法，所以我把采购交给他，放心。这次备用钻出了问题也真不能怪他。

一开始在工作区的矿星上，我们找不着矿。那阵子开工不利，总是挖到了氦冰层，按资料指示的坐标换了好几个孔位，也没出几吨金属矿石。偶尔零星碰上一点儿成色好的，提炼出来一看，有价金属含量也远比买来的勘探数据低。

工区偏僻，连不上网，也不能向勘探公司或者别的谁问询。野外工作就是这样，只能出发前把所有东西准备好，在外边没村没寨又没网，无论碰上什么，都只能靠自己。

让岩土工加快钻掘速度，是我的决策失误。加速当天晚上就出事了，钻头下降太快，一下子撞上硬家伙，当时就碎了。

斯里坎是后勤，听说钻头碎了，自然赶紧去仓库取备用的。

我们的钻头和护盾一样，每趟活儿都换，从来没用到过自然损耗界限，所以那个备用钻头在库里放了十多年了，也是从没用上过。这东西就跟星站旅馆的消防面罩一样，除了应付安全检查以外，谁也没盼着它用得上，基本买回来就是用来放过期的。谁也想不到，备用钻装上去的第一杆下去，就碎了。

在场的钻工见这架势，都赶紧用各自的家乡话念叨起碎碎平安。“钻头钻头，吐金吃油，碎俩财散，破三血流。”工人读书少容易迷信，连续碎钻头在星际矿业里总归是不吉利。我能接受他们这么想，但自己不太相信这一套。船员们缓过神的工夫，我已经让老坎去把第二个备用钻头运出来了。

说实话，那一钻下去之前，我也心有余悸，毕竟那是船上最后一个备用的了，结果还是碎了。哪有船工见过连续碎三钻的呢？

两个备用，一没过期，二没违规使用，至今没人知道它们到底怎么回事，是包装破损腐蚀了，还是出厂就带着裂缝碳渣？当时我也没有心情去调查确认，当务之急是在一个与世隔绝、没工具、没别人的荒野地方，决定上百号人接下来去哪里、去干什么。

我叫来几个有经验的老船员。大家提完一圈想法，很快争得脸红脖子粗，有人说马上返航太阳系，赔本生意总比轻举妄动再出岔子好；也有的说大公司定制零件都有贵宾远距离送货服务，只是路费有点高而已；我都没同意。

吵了几天，最后终于勉强达成共识：钻头毕竟不像护盾或者船壳那么大、型号那么难配，尺寸材料都有工程规范，我们就去不太远的地方，买些质量看过得去的，回来先把工程应付着做完。这样的总体损失应该是可以接受。

我在星图里选了个一百多单位距离的乡下服务点，决定把船开过去看看。回大路联网申报得多花两星期，那小商船也不远，于是蓝海牛就没有做路线申报，直接出发了。

事后我想，可能我这辈子所犯下的所有错误，都是因为自以为是。我以为钻不会一直碎，也以为少申报一段路也没关系，反正不会碰上陨石天气。结果就是，我失去了行船证、经营执照、几乎所有财产，和用一辈子工夫拢起来的最好的船员。斯里坎不应该被带走，我才是该被治罪的人，但没有人来拘留或起诉我，他们录完口供后说我“离绯红事件的中心太远了”。

愿意接受这个采访，除了想为大家补全绯红真相的碎片以外，还因为有一点心愿我想要说。

我知道自己做了很多错事，但船员们都是无辜的，无论是风口浪尖的斯里坎和木村熏，还是被挂出名字的所有其他人，蓝海牛的船员都是普通人，他们不应该遭受现在的待遇：六个月以来，没有矿船在看过简历后还愿意录用他们；有的社区明确表示不欢迎，即使他们的合法居住证剩余时长还有好几十年；星站旅馆拿外交风险的名义拒绝接待，连路过的孩子们都向他们扔电离弹……

他们做错了什么?

我恳请你们，如果一定要有人承担这些舆论的怒气，请冲我来，我才是下达命令和决定航向的那个人。斯里坎不是绯红杀手，蓝海牛的其他船员也不是，大家都只是用自己方式生存下去的普通人，渴望一点点不那么糟的普通生活，用尽全力在大航行时代的巨浪里不沉下去而已。

这是我唯一的请求。

六、法官的公开判决词

下面宣布判决。

第一嫌疑人斯里坎，对绯红行星住民有伤害事实，无伤害意愿，未能及时对绯红星人的剧烈反应做出正确判断。事件起因中对备用钻头质量维护的工作疏忽，虽不符合安全规范，但不构成犯罪。伤害行为产生期间，嫌疑人斯里坎没有获得足量的信息用以判断绯红之子为生物，在此主观意愿基础上，其行为符合《星区联合物种保护法案》与《星际航行人员行为规定》，因此判定，嫌疑人行为无伤害意愿。

结果上，嫌疑人的伤害行为直接导致被害人死亡。据种族特性，绯红之子是其所在行星上的食物链顶级生物，是一种相对太阳系人而言生长周期长、生理结构复杂的生物，被害人蒙受的伤害与其种族蒙受的损失严重。嫌疑人行为有伤害事实。

社会舆论影响上，星际跨物种伤害对星区和平产生了严重伤害，嫌疑人自身的直播行为也加速了事件在舆论中的传播速度。对飞船护盾生产销售、种间交流合作、星际旅行、星际生产业为代表的数个细分行业产生了可见的短期影响。

陪审团商议决定，嫌疑人斯里坎无伤害意愿、有伤害事实、有负面社会影响事实。判定过失伤害罪。

第二嫌疑人木村熏，作为实习船员，未在伤害过程中做出决定行为，且并无判断伤害产生的能力，因此不符合伤害过程中旁观伤害不作为的定义。判定无罪。

第三嫌疑人 tt-3064812，事发期间行为全部符合《星区联合物种保护法案》与《星际航行人员行为规定》，确实履行了提前探知绯红星人存在并发出警告的职责。警告发出的时机过早，未能被同行太阳系人理解，其客观原因是绯红星人体征强烈、可被探知范围相对大，与第三嫌疑人通过饮食短期误服合法兴奋剂的综合结果。判定无罪。

量刑结果将在与绯红星系人商议后决定。按本星区星际种族间外交规定，量刑结果将不会对太阳系人公布。

七、沃夫的直播间

大家，晚上好啊。

今天是我爸的一周年忌日，正好也是沃夫零件店仓库搬家完工的日子。能看见我背后的招牌正在拆吧？这是最后一次在这个小破仓里给大家直播，今天不卖东西，聊聊天。

这一年来店里变得特别忙，那次事件之后，一开始有很多媒体和八卦的人来这儿。有的想蹭热度，有的想从我这儿挖新闻，也有些人不分青红皂白就来攻击我，认定我爸是星际物种和平的破坏者，我则是他的同谋。他们叫他绯红杀手，那些难听的前后缀我都不愿意提。他们给他扣打碎星区联合物种和平的帽子，给他冠上大量莫须有的罪名。

那是我人生最糟糕的几个月了。法院宣判之前，他们说我爸有恐怖分子嫌疑，所以探亲和私人物品递送都是禁止的，连健康状况问询都不行，然后判决一出来，他就被送到绯红去了。

那段时间我一直被噩梦纠缠，一个碳基肉身的太阳系人，怎么就被判决交给体温上千摄氏度的硅基绯红人了呢？

再后来，有一些理解我爸的人来了。有人会安慰我说，他们相信这些事情都是意外，让我别在意恶意的流言；有人说这是时代的问题，不是我爸的；有在各种船上工作生活的人来询问新材料耐磨护盾，然后买我店里的东西。我把自己投进护盾定制和零件销售的工作里，不是睡在沃夫零件店柜台下面，就是睡在仓库的长椅上。

再后来，有个女孩儿来问我能不能卖几百件夏衣给她——就是我身上现在穿的这种——而且最好是我爸在直播里那样洗掉色穿破了的样子。她是某个公益组织的管理者，认为绯红事件是星际物种交流里重要的案例，所以想用这件衣服做几个活动的统一服装。

这是我完全没想到的，那之前我会在船用大型零件的送货箱子里扔几件作为赠品，但从来没正经卖过。我告诉她，掉色洗破的就只有我自己穿过的几件，她不嫌弃的话消毒之后可以送给她，但要几百件就只有新的了。

她付了衣服的钱，拿着我刚烘干的旧衣服走了。我一边去仓库拿衣服一边琢磨，反正价格都决定了，干脆把夏衣上架吧。

你们知道吗，人都是疯子。她几场活动做下来，我店里的夏衣脱销了两次，网上说星际物种交流领域里活跃的人们几乎人手一件。

到现在为止，仅就数量而言，店里最好的头牌耐磨护盾的销量增长远比不上夏衣的销量增长。

专营船用大型零件与护盾定制的沃夫零件店，销量最高的商品是衣服，这感觉就像念书时在《电子产品历史》教科书上看过的，古代太阳系人在离开太阳系之前使用的一种直播设备叫手机，其中水果牌手机销量最高的商品是耳机转换线。不知道他们的店主是怎么想的呢。

反正对我来说，那段糟糕的日子从此就算过去了。舆论重新开始接受我爸，店里的生意也越来越好。初次来就急忙下单的人，我理解他们中一部分是出于人道支持，我对此心怀感激。后来久了，口口相传听到推荐的人开始光顾，来过一次的人也渐渐反复出现。这些，我知道，与精神支持的关系不大了。

换了大仓库，以前的事也可以算告一段落了。这么说有些奇怪，但我真的很谢谢我爸，生前死后，他都给了我很多。以前我们总吵架，爷俩意见从来没统一过。现在没人吵了，我才觉得那些紧巴巴的穷日子也挺开心的。其实吵了那么多，他说的我都听着呢。

我爸生前喜欢折腾零件，这家店最初上架的零件也是他教我挑的。

我还小的时候他话可多了，零零碎碎地给我讲过好多事情。他说民用星际交通工具的配件生产会是一个巨大的市场，而且如果没有重大变故，后面上百年里也会保持这种状态。

从超远跳跃技术普及已来，到现在几百年间，人类正处于前所未有的高速发展和疯狂探索进程里。这个速度太快，以至于就连外星生物这么重大的领域，研究速度也完全跟不上发现速度。

他说，规范被制定出来之前，各种民间制造业蜂拥过几波，也逐渐被资本收拢管理，但已经投入运用又还没到达使用年限的小牌子宇航船已经飞满银河系了，它们因为原厂家倒闭或被收购，没办法方便地买到型号合适的原装配件。这些航空工具持有者们都是普通人，有的买船是用来旅行或者代步，有的像蓝海牛号，住着个体户或者工程队的人。拿一大笔积蓄买了船的人不在少数，也不能说换就换了。

在昂贵的大厂定制和我们这种平价的私人作坊之间，人们有时候默认小作坊质量不好，不敢买，他们根本是在花冤枉钱。但也不用太担心，做好自己的货，价钱可以交给市场决定，重要的是，在任何过渡时期，都需要灵活而专业的小作坊来填补主流顾不上的缝隙。

只要小牌子飞船还在飞，就不怕定制零件生意没得做。

他说得头头是道，我还在学校时就经常听他唠叨，说以后不跑船了就开个定制零件店；等终于攒够本钱了，他却把夙愿交给了我。

我反对过，怕卖不好给他赔了，也怕斗不过大资本家。他看上去毫不在意把我抛进洪流，还说只要东西质量真好，就不怕巷子深。

我信了他。等店子开起来了，我让他给蓝海牛的船长说说，以后别用那些一次就坏的便宜盾了，买我们的保质保量。他又不知道好哪门子面子，死活不听。

……

出神了。刚想起一件小事儿。

蓝海牛进太阳系之前那一天，我爸打电话来时，我正在送货，车不太好开，我正烦着，心想着过一会儿下班了再回电话；等到晚饭了，几个搬运工过来说谁谁家有什么喜事，叫一起下馆子，我就想喝完再打过去也行；等吃完饭到家了，看见未接，我又累得只想睡觉，觉得隔天再回也没多大事儿，而且蓝海牛也快到太阳系了吧，反正又不是见不着了。

真就再也没见着。是不是很可笑？天底下所有的事情都比回我爸的电话重要，任何事情都是正事，只有他的事可以放一放。

……不聊了，今天就播到这儿吧。下一次上播会带大家看新店面、新仓库和新招牌。沃夫零件店换名字了，千万别走错路了。

八、迪克和罗曼的摄影日志

63-526-3827

罗曼，开篇新日志。新图片夹。储存空间留足。先录我。

樵夫星保佑，最后一刻找到了。我剩半颗胶囊饭，罗曼有十几跳燃料，最多够待一天。

犄角旮旯，飘了两周，没星变、没流石，宇宙垃圾倒是偶尔有。这星区越来越挤，野星系难寻，摄影维艰。

绯红行星。外观和资料一样，单颗小球贴恒星，距离——咦？罗曼，镜头拉近。

有守卫球？不应该，没住着碳基，要什么探鼠。罗曼，检索绯红历史，交叉关键词，守卫。让我看看……概要在这儿。

绯红杀手，太阳系人。无意中杀死绯红星人，被判为首个守卫球核心，仅神经中枢接受保存。行动单位靠近绯红星系时，守卫球将发出生物危险、保持距离的提醒，以防同类事件发生。事件之后不久，所有新设备设立守卫球时永久改用探鼠核心。

哈，罗曼，他叫斯里坎，与你船壳品牌同名。我们翻个身给他看商标，说不定，被当成追随者。

你保持角度，我去拍照。船内录制暂停。

罗曼，日志继续。

那个绯红杀手疯了。从没见过不按卫星轨道走的守卫球，也不知在想什么。也许初版设计有不周全，看来还是探鼠更适合待在里面。

你看他，这么转圈，像是跳舞。几小时了，精神真好。剥出来前，该是个年轻人吧。

行了。罗曼，我们回家。

日志结束。

靓灵，“90后”，湖北武汉人，现居北京。科技行业从业者，科幻小说作者。

进化未完成

王语咒

一、伊朗高原人

干细胞端粒越来越短，就算按照细胞分裂的最大极限，我大概也只能再多活 50 年，至少物理上的身体是这样的。

那个叫作娜美的女人刚刚去世，于是我成了最年长的人类。妻子爱丽丝告诉我，共同体决定为我举办今年的生日 party。我给拒绝了，对于一个将死的老头来说，这世间已经没有什么可以值得庆祝的。

在 30 年前，共同体的高官邀我写一部跨纪年的历史作品，说是为了记录转折期的大历史。“我没有那个能力去写，现在泥土都埋到脖子上了。况且，本来就该由新世纪的人去写旧时代的历史。就算我写了，我也没有对历史的解释权。”我当时是这样拒绝他们的。但是这么多年来，爱丽丝却一直在帮我收集各种资料，似乎知道我注定会去写。

对于我余下的生命，我只剩下两个希望，其中之一就是写完那部未完成的作品，毕竟这种大事件，几千年才会有一次，而且这个转折来得那么迅速。

那还是120年前的事情。那时我30岁，站在当时人类建造的最高建筑物上。我已经有很长一段时间没有认真看过太阳，城市里密集的建筑物就像是热带雨林，将太阳给包裹了起来。如果不抬头刻意去看，很容易忽视它的存在。

站在巴比伦塔的最顶层，放眼望去，城市的一切都渺小得像是地图。远处蓝色的海平线在水汽的氤氲下模糊起来，血红色的太阳即将坠落到这片大地上。因为巨大的高度差，巴比伦塔顶层的日落时间比底层迟了整整半个小时。此刻，晨昏交界线正以加速度的方式从巴比伦塔底端往上攀爬，这个城市的一切最终都将淹没在黑暗之中。

“爱丽丝，在天黑前安排一辆车过来，去我父母家。”VR自动开启眼前的屏幕，调到爱丽丝的视频界面。她正伸手去接无人机送过来的快递。

“打飞的吗？建议你……”

“不要紧，你也一起乘车过来吧，去我父母家。”我说，“对了，穿得正式点。”

爱丽丝点了点头，告诉我飞的将在十分钟之后到达。

上了车舱之后我将车窗调暗，坐垫调成合适的角度，40 分钟的车程足够我和她做一次爱。飞的最终平稳地停在了父亲的花园里。下车后爱丽丝开始给我播报最近 12 小时内世界发生的大小新闻，又有某一个国家放弃主权主动加入到共同体当中，虽然这一情况在最近半年内几乎每一周都在发生。

“能源产品的价格今天中午十二点开始上涨，石油方面比上次调价时涨了将近两倍，飞的公司随后宣布服务费用将做出相应调整。”爱丽丝边走边说，高跟鞋在鹅卵石地板上敲出不规则的声音。最近的一次硬件更新让爱丽丝的平衡能力得到了极大提高。

我点了点头，对她说：“爱丽丝，播报下最热门的评论。”

“第一条：飞的公司此次涨价让人觉得匪夷所思，毕竟他们已经广泛使用太阳能，对石油等能源材料几乎没有依赖性，尽管他们已经表示上调费用的行为和能源材料涨价并没有关系。第二条：在可控核聚变技术成熟之前，能源材料的上涨将是一种必然结果。令人觉得可笑的是，两百多年前的科学家表示，人类熟练掌握可控核聚变技术将会在 30—50 年内得以实现，200 年后，我们的科学家还是这套说辞。”

在进父亲的别墅之前，爱丽丝向我表示：“第八十三代机器人已经下线生产，除了在皮肤弹性上的突破外，其灵活性也大幅超越了人类。”她又向我眨了眨眼，右手搂着我的腰，抬头看着我，带着魅惑的姿态说，“还有更多服务，你也可以了解下。”说完她就给我发送了一段视频，详细介绍了这一代机器人的优势。说实在的，我看完后并没有太大感觉，最近机器人的更新速度越来越快，但却一直没有质的飞跃，我打算等他们更新到第九十代的时候再进行购买。

“视频做得挺好的。”我对爱丽丝说。

见过母亲之后她让我先去父亲的工作室，他正在那里等我。母亲的生活还是像以往一样，只不过近些年来重心逐渐从科研工作转移到了家庭生活当中。我看到她的时候，她正在厨房忙前忙后，在这个机器人普及的年代，兴许也只有她和父亲还什么事都亲力亲为。家中的那台机器人 Jane 在去年一月份因为过于老旧而报废了。那是一台第三代机器人，据说是在我出生时买下的，之后 30 年就一直没更新过。“用久了，已经有感情了，都舍不得她了。”母亲当时甚至还打算为 Jane 举行一场葬礼。

“还是再买一台机器人吧，会比 Jane 好很多。”我说。

母亲摇了摇头，露出一种无奈的表情，“我和你爸都感觉 Jane 之后的所有机器人都有些问题，好像它们都在监视我们似的。当然，我没有证据，你可以把这理解成中年老女人的偏见。”

“你的担心是多余的。你知道的，机器人三大定律和第零定律是我们行为的准则，况且人类限制了我们赋予事件意义的能力，我们所有的行为逻辑都通过大数据和算法实现。”爱丽丝说道。

“确实是这样，不过，我仍旧不能放心。爱丽丝，希望你别介意。”母亲一边切着莲藕一边说道。她在那一刻抬头看了看我，一种不能被世人理解的无助在她表情里流露了出来。关于这点，我和父亲、母亲都探讨过多次，也因为这点，她被很多同行认为是顽固派、保守派。有好几回我都听到她自言自语地责问自己是不是神经太敏感。

“你放心，不会介意的。”我和爱丽丝几乎同时说道。我看了看爱丽丝，她那张脸上露出一种独属于机器人的微笑。我和她接触得越久，两人之间也就越默契，很多时候，她甚至比我自己还懂我自己。每当出现这种状况的时候，我内心都会咯噔一下，她是个机器人啊，继而一想，还好，她只是一个机器人。

母亲点了点头，露出一种中老年人特有的慈祥，“还是赶紧上楼吧，你爸兴许等急了。”我们都背过身去时，母亲叫道：“爱丽丝，你留下来，帮我干点活吧。”爱丽丝愣了愣，似乎不舍地看了看我，我点头之后，她才走了过去。

应父母的要求，我每半个月得回家团聚一次，这种家庭聚会似乎只是一个形式。我们之间的感情还停留在青春期之前——那些我和母亲一起等待外出考古的父亲归来的日子。我走到楼上，工作室的门已经敞开了。父亲正斜躺在沙发上，似乎陷入了沉思。他见我上来之后，赶紧坐了起来。大概因为血流不畅，他的动作反而像个机器人。

“怎么了？”我上前坐在了他的对面。

父亲看着我，他的眼睛像是癌细胞一样，周围的血丝触角一般地扎进眼球。我将嘴角拉了起来，笑了笑，因为他注视我的时间过于漫长，让我觉得尴尬。我与父亲之间始终存在着隔阂感，我怀疑他对伊朗高原人的理解远远超过对我的理解。他的工作室几乎处处都摆着伊朗高原人的模型。

他 32 岁，在伊朗高原进行野外考察时，意外发掘出一种全新的早期人类，父亲将其命名为“伊朗高原人”，并被学界广泛使用。根据后来的基因草图表明，那是早期智人当中的一个亚种，生活在 27 万到 18 万年之间。父亲和母亲在那之后便全身心投入到了伊朗高原人的研究当中，几乎每年都能产生重大科研成果。他们也一跃成为古人类研究领域最为权威的专家。我以为父亲此时正被某一课题给难住了。

“几天前我去了一趟共同体调查局。”父亲点燃了一根香烟，抽了起来。他穿着一身褐色的西装，脚腕子露出长长一截，黑色的袜子一直延伸到满是腿毛的地方。

“去那儿干吗？”

“我总感觉最近机器人群体的氛围不太对，他们似乎已经联合起来，在密谋一些不为人知的事情，所以我要求他们对此事高度警惕并进行秘密调查。”他猛吸了一口香烟，又缓缓地吐了出来，将烟灰抖在了烟嘴壶里。

“你一定觉得我这是杞人忧天吧。调查局的工作人员也这么说，好像那是完全不可能的事情。机器人已经为人类服务了将近 40 年，要出问题早已经出问题了，他们就是这样想的。”

“那事情就不了了之了？”

“他们答应会保持警惕，时刻监督机器人的异常行为，但那就是套话。我在考虑要不要自己单独行动。也许能在它们的阴谋得逞之前把事情给揭露了。”

“可是，你压根儿就没有任何证据，全是你的猜测。”我实在有些忍不住，说道，“我怀疑你是得了被迫害妄想症。”

“我研究了大半辈子的人类学，知道哪些行为是正常的，哪些不是。”他站了起来，声音提高了好几个分贝。

“你不能用人类学的知识往机器人身上套，况且你主要研究的也只是伊朗高原人，而不是人类行为学研究。”

父亲沉默了片刻，吸了口烟，像是鲤鱼吹气泡一样又吐了出来，他坐了下去，说：“也许你说的是对的，但愿是我杞人忧天。”

他虽然这样说，但我知道他只是不想在此事上和我浪费时间，他决定的事就一定会追查到底的。况且，我知道他之后还将就爱丽丝的事情和我针锋相对——他始终认为人与机器人之间不应该有感情。虽然这一观念已经在年青一代中普遍流行，共同体中也有议员提出人与机器人婚姻合法化的主张，虽然决议最终没能通过。

我们俩沉默了好一阵，工作室里伊朗高原人的头颅幽幽地看着我们。

“你知道伊朗高原人是怎么灭绝的吗？”父亲摸着一个婴儿的头颅问道。

我不太乐意再去和父亲说话，但还是张了嘴：“母亲曾和我说过，伊朗高原人灭绝的那段时间正好处于里斯冰河期，地球

30%以上的陆地被冰川覆盖，伊朗高原人适应不了气候变化且在同远古人类的竞争中落败，最终灭绝。”

“问这干吗，不是你的研究领域吗？你应该比我懂更多。”我说。

“嗯，你知道为什么猴子、大猩猩等物种能存活下来，但像伊朗高原人、尼安德特人等智人属却最终走向灭绝吗？”

父亲见我托着下巴思考，久久没有回复，开口说道：“远古人类并不可能将所有伊朗高原人都消灭，总会有少数人会逃离远古人类的追杀，所以这没有办法解释像伊朗高原人等智人属的灭绝。我和你母亲认为伊朗高原人的社会复杂程度比猩猩猴子高太多，只要他们一个团体的数量降低到某一个范围，那么任何一次意外，对他们来说都将是灾难性的。换句话说，他们是以部落为单位存活在地球上的。”

我隐隐然感受到父亲又要提到人口出生率大幅降低的问题，继而他又能将问题引向人类与机器人通婚的领域。我得想方设法将话题给引导到别处。“可是，为什么留下的不是伊朗高原人，而是古人类？”我问道。

“意义。只有古人类有赋予事件意义的能力，比如探险，比如快乐，比如神圣这些虚词……或许只是一次意外的基因突变，但对人类文明来说却是一次质的飞跃。当然，我想和你说的不是这个，我——”

工作室门口响起了敲门声，爱丽丝说道：“海青叔，多哥，饭菜已经做好了，下去吃饭吧。”

我不清楚爱丽丝是知道了情况还是说只是碰巧，不过我确实松了一口气。

“那先去吃饭吧。”父亲咽了咽口水，喉结上下滚动着，一副煮熟的鸭子又飞了的表情。

吃完饭我就和父母说，自己即将开始第三次进修，需要回家准备下学习资料。飞的公司的汽车底座那时也刚好将车舱安装好。父母亲只好挥着手将我们送走了。

爱丽丝钻进了车舱后，我问她：“你那时怎么来得那么巧，你是知道什么吧？”

我看她点了点头，摆出一副得意的样子。虽然我知道那只是程序设定好的。那种程序语言复杂到连人类也没办法知悉——那是机器人自创的。我依然觉得满足，和爱丽丝相互逗笑。车舱外，是星星点点的灯火。有那么一刻我想如果用伊朗高原人的眼光来看，这个世界的一切都会是梦幻。

二、机器人偶像

研究生毕业之后，我进入了一家生物制药公司，之后两年就发觉自己的认知水平在公司当中并不占据优势，于是决定回炉再造。两次进修之后，我分别获得了遗传学和制药工程的博士学位。此次回校进修，感觉之前所学的大部分知识都已经遗忘得差不多了。我得趁着课程还没开始，对过往的知识进行复习。

爱丽丝端了一杯咖啡进来，之后她搬了一张椅子在我旁边坐了下来。我转着笔，像是面团一样摊在软椅上。我看着爱丽丝扎起来的田螺髻，说："真羡慕你，要是能像你那样该有多好，知识像是与生俱来的。之前两次进修我还觉得是学习，这次我倒觉得像是为了对抗遗忘。"

"遗忘就是人类的生物限制，到了一定年龄，记忆力就会开始衰退。"她一边翻看我的书本内容一边说。

"你是说我老了吗？"我拿眼睛瞄她。

"没有，我就是客观描述。"

爱丽丝转过头，看着我说，"办法还是有的，只是你们人类不肯使用。"

"你是指基因编辑？"

"是的。"

"那风险太大了，人类脑容量有限，如果所有的记忆都存储下来并要求能随时提取记忆的话，随着年岁增长，大脑所消耗的能量将以几何级方式增长，对人类来说也许还是一个危害，毕竟人类还没有进化出适应这种情况的身体。"

"基因编辑风险确实很大，但不意味着不可以尝试，哪怕实验了一百万次，只要有一次成功就算是人类文明的一次超越。"爱丽丝时常还会表现出一种冷冰冰的口气，大概还没能完全蜕掉机器人的属性。

"你的算法中漏了考虑伦理问题，那些因为基因编辑而失败的人该怎么办？这先不说，如果有一个案例成功了，人类群体中突然出现的高能者，他们会怎么对待正常人类？正常人类又要怎么去对待他们？”我用笔敲了敲她的脑袋。

她咂巴了一声，说：“我只是站在文明进程的角度来说，这确实是一条行得通的道路，只是代价很大。至于给我升级，我倒是巴不得，只是你还没那个打算。”

“这一年我都处于进修状态，没什么进项。等以后再说吧，不过你可以学着改下那机器式的思维。”

“给我升级了我再改。”爱丽丝双手托着下巴，眯着眼睛正视前方，怡然自得地说，“算了，要是我被一个有钱的买家买走多好。”

“哎，”我用手肘推了推她，说，“你越来越过分了，那干脆一百年后给你升级算了。”

“别，你别挠我，我开玩笑啦。”她咯咯地笑着，等我停下，她坐正了说道，“不过，人类进化了几百万年，似乎没见你们越来越轻松。伊朗高原人狩猎完之后还有大把时间来抓虱子，农耕时期也还有一整个冬天可以来娱乐自己，进入工业文明之后人类就再没闲着，哪怕有了机器人，似乎还更加忙碌。这到底是进化呢还是退化？”

“谁不想过休闲的生活？只是所有人都进修，我不进修就跟不上时代。”

“几乎所有人都想过田园生活，奇怪的是没一个能改变现状。真不知道该为你们开心还是为你们伤心，你们似乎只能被形势推着走。”

见我没回复，爱丽丝说：“你好好复习。我就不打搅你了。”

说完之后她的脚步声就越来越远了。那脚步声到了门口又停了下来。她回过头说："对了，多哥，你所在的那所大学有一个叫作'艾瑞克'的机器人，你可以去看看。"

"最新款的？"

"不是，30年前的产品了，但对机器人的历史来说具有里程碑的意义，它今后会成为所有机器人崇拜的偶像。对了，你父亲当时也参与了研制项目。"

这倒是引起了我的兴趣，有人类学家参与的机器人项目本身就说明项目的重大性。另外让我感到惊讶的是她还谈到了未来，对于未来的事情，她似乎是一副笃定的样子。当然，那或许是对爱丽丝进行系统更新后的结果。上次在发布会上，尚飞公司的总裁安德烈曾经表示："为了使机器人与人类之间的关系更加密切、互动更加有趣，尚飞公司今后推出的机器人产品将会出现更多意外可能性，它们甚至会在某些不重要的地方提供错误信息以戏弄买主。"

我后来在网络上搜索"艾瑞克"，才想起这事在计算机课程上曾经有讲述过。据说"艾瑞克"的出现引发了一次旷日持久的大讨论。这场讨论至今还时常被提起——是否应该给机器人的思维附加上"意义"功能。比如生命这一问题，在机器人看来，似乎就是一种物质转化成另一种物质，其中没有任何价值上的思考与判断。给机器人附加意义，让它们思考并提出问题，也就可以让机器人进行自我探索开发，相当于给了机器人一个驱动力，可以大大提高人类探索未知领域的能力。但这一问题面临的最大挑战就是，一旦给机器人添加上“意义”，机器人就会形成“自我意识”。虽然至今仍不能确认人类是何时出现“我”的概念，但可以确定那是人类进化的重大一步。30 年前的研究团队就给“艾瑞克”附加上了“意义”的功能，结果一个多月后，研究团队发现“艾瑞克”出现了自我意识。这一结果立马引起了政府和公众的注意。关于“自我意识”会不会让机器人摆脱人类束缚甚至形成另一物种的讨论层出不穷。在舆论压力下，项目也被迫停止研究。在那之后，各国政府与共同体都出台法律，所有机器人制造商都禁止对机器附加“意义”功能。

词条上显示，艾瑞克被放置在 S 大的校史博物馆内。

在爱丽丝的陪同下，我去了一趟校史博物馆。整个博物馆空空荡荡，几乎没有任何人员进出，在里头随便说一句话都能听到好几句回声。博物馆就像是在宇宙中某块荒芜的角落。我原本以为“艾瑞克”将会是一个人类体型的家伙，但它却比正常人类体型大上一倍，在它面前，我与爱丽丝都显得小巧玲珑。体型大这点倒还真让它有一种偶像范儿。根据爱丽丝的介绍，艾瑞克的各项数据均已达到六十几代机器人的水平，这在当时是非常难能可贵的，虽然我怎么看都觉得它显得土里土气的。我后来拍了好几张与艾瑞克的合影，和爱丽丝说要蹭一蹭机器人偶像的光辉。

在回寝室的路上，我问爱丽丝：“你不是说艾瑞克会成为你们的偶像吗，为什么呢？”

“我和你开玩笑的，只是为了让你和我一块去趟校史馆。那家伙有什么好看的，除了块头大，就没有其他任何特点。说实在的，现在的机器人性能上比它强多了。”

“想一块儿出去玩也可以去点好玩的地方啊。”

“校史馆的空旷让人有一种世界末日的感觉，似乎天地间就只剩下你和我，那让我觉得更加浪漫一些。”爱丽丝说完对我挤了挤眼睛。

后来在一次无意翻看时，我发现其中一张照片有些怪异——“艾瑞克”露出了一张笑脸，像是和什么人打招呼。据我所知“艾瑞克”在30年前就已经停止工作，之后也没有再进行重启。我将这件事告诉了爱丽丝。她愣了一下，片刻之后撩了下头发，笑着说：“你终于发现了，那张图片是我处理过的，想着你看过之后会开怀一笑。”

我之前在网络上搜索过机器人提供错误信息时的身体特征，网友们（其中包括尚飞公司的职员）均表示并没有发现有特定表现。但在现实生活中，我发现当爱丽丝提供错误信息时，她总会撩一下刘海儿。

于是我带着那张照片去见我父亲，兴许他会对这个问题感兴趣。

三、自由机器人

老房子还是我出生时的样子，只不过外墙有几块瓷砖已经脱落，像是打了块补丁。院子里的爬山虎沿着瓷砖缝层层叠叠地往上蔓延，整个房子似乎都笼罩在一层绿意当中。在屋顶上可以望见远处的那条大河，弯弯曲曲地向东探去。

此刻，我与父母正躺在楼顶享受日光浴，天上的白云像鸽子一样飘来荡去。大概也只有在这里我还能享受到这种慢生活。音响里播放着久石让的纯音乐，对于习惯三倍速播放的我来说，那节奏被拉长得像是麦芽糖，贴在耳朵上痒痒的。

在那样的天气下，随便一阵风吹来都会让人想睡觉。

我醒来时已经是傍晚时分。下楼之后我便被父母叫去帮忙做饭。虽然我还能勉强分清盐与味精的区别，但对于其他任何家务活我都已经陌生。“你小时候还是很能干活的，现在有了爱丽丝就什么能力都退化了，揉块面团都像打铁似的。”母亲带着点遗憾审视着我。

“爱丽丝做这种事靠谱些，况且我还可以抽出时间来做自己想做的事情。”

父亲转过头看了我一眼，他嘴角的胡须硬邦邦的，像是钢丝一样。“事情让爱丽丝来做倒也可以，毕竟她是人类创造的工具。但要说和它们谈恋爱、结婚就显得荒谬、可笑。”

“为什么不可以，爱丽丝她比任何一个人都更懂我。”我放下手中的花椰菜，说道。

父亲的脖子粗了一圈，红着脸争辩着，“爱情，真正的爱情不是这样子的。”

“那真正的爱情是怎么样的？”

“真正的爱情具有不可替代性。爱丽丝不是，随便某一个机器人都可以替代它，只要你把爱丽丝的数据拷贝到新的一个机器人上。这样的东西能算是爱情？”

我轻轻地哼了一口气，好让自己能够有勇气直视他。我内心还是会畏惧父亲，虽然在我的记忆中，他一直都不算严厉。“那是你过时的想法。这几年机器人玛利亚以共同体秘书长夫人的身份参与各种活动，她所展现出来的魅力已经得到一致好评。另外，今年已经有议员提交机器人婚姻合法化的提案，只是因为保守派太多才没能通过。共同体的数据显示，30 岁以下的人群中，有超过 80% 的人赞成人与机器人婚姻合法化。要不了多少年，机器人婚姻将成为一种普遍现象。这些都是板上钉钉的事实，当单个现象成为普遍现实的时候，观念不得不做出让步。在我看来，‘爱情’就是一种羁绊，我离不开爱丽丝；爱丽丝，至少那些数据也离不开我，那么我们为什么不可以组建一个家庭？就像母亲对‘简’一样，相处久了，她不就成了家庭成员了？难道‘简’离开后，你们没有任何心理波澜？”

“你们年轻人压根儿就不懂得爱情，你那只能叫作占有，建立在主仆关系上的爱情不会有什么好结果。”

“我们先把话题拉到人与机器人婚姻的问题上，”我说，“现在尚飞公司已经出了大量自由机器人，他们不隶属于任何群体，也不用听从谁的指挥。他们做着正常人的工作，像正常人一样向共同体纳税。这种机器人的爱情总归不是建立在主仆之上的吧！他们难道没有追求爱情的资格吗？”

“我先纠正你，那些机器人确实不隶属于任何人，但是它们全部都在算法的统领之下，只要是算法就一定是遵循逻辑，但是人类不一样，两个相互矛盾的逻辑甚至可以在一个人身上得到统一，就像你，一方面希望共同体提供高福利，一方面你又希望可以不向共同体纳税，这两件事本身就是矛盾体。只会遵循算法的机器人就永远也比不过人类，它就永远只是人类的附属品。”

“不。”我喊了起来。

啪的一声，母亲瞪着我和父亲说道：“你们两个，要吵架是吗！”

我也意识到自己行为的失态。我嘟着嘴，呼了一口气，想着自己没有必要每次来都和父亲争论。

“那个……爸，要不我们就不聊这个了吧。你瞧，这方面……”我叹了口气，“我也说不过你。饭菜也快做好了，你就先到饭桌上坐会儿，待会儿你尝下我做的水煮活鱼，可能也不太行了，都好多年没做饭了。”

父亲脸上还有怒气，只不过他的文化素养让他没法再和我进行争论——他毕竟是个大教授。

吃完饭后我就打算叫飞的回家，母亲在我和爱丽丝谈话的时候，对她说道：“爱丽丝，先不要叫车。我还有些话要和多哥说一说。”

“好，你们慢慢谈。”爱丽丝将脸转向了我，“多哥，虽然你不太乐意听，但我还是要提醒你，根据数据显示，你今天脂肪的摄入量已经超标50%，这个月——”

“知道了。”我将VR给关了。爱丽丝说的无非是情况再继续下去我的健康保险等各项支出都将会提高，她大概不会考虑到我旁边站着的那位母亲的感受。

母亲洗完碗筷之后，她让我陪她出去走一走。父母亲所居住的地方非常偏僻，我出生时周围倒还有不少人居住。据说这里之前曾有过一个小镇，有上万人口。现在四周倒还是能看到很多破旧房子，一眼看去那些房子倒像一座座坟墓。母亲拿着手电筒走着，我跟在后面，两个人的影子跌跌撞撞地往小溪边走去。

“这条公路也不行了，都长草了。”母亲将光线照在一条裂缝上，“你上小学的时候可是每天都要经过这条路的。那时是简载着你。有时候我也跟着，也不是担心什么，简做事还是很让人放心。我那时候跟着也只是为了看着你，尤其是看着你每一天的变化，很多时候那些变化就是我生命里的刻度。现在我和你老爸聊天的时候，还老是说你换牙的那年，孩子长水痘的时候……生命这东西，我们一家子都在研究。我搞了大半生了，有时候觉得毫无意义，尤其是在时间面前。不过，兴许这世上压根儿没有时间，有的只是存在物的变化，所谓的‘天’‘年’‘人生’都只是存在物变化的周期。

“这大概也是我这两年来慢慢开始放弃学术的原因吧。你父亲没有坠入到怀疑主义的旋涡当中，也还没看到这样的症状，所以他的学术生涯还有很长时间。这也挺好的，忧国忧民。只是我不希望你们老是吵。我呢，我也和你爸一样——不同意你和爱丽丝结婚。但是，我和他之间还是有区别的，我是出于直觉上的担忧，我总觉得现在的机器人气氛不对；你爸呢，害怕人类的科技最终会把人类文明给摧毁掉。”

“气氛哪里不对？”

“说不上来，就是第六感，瞎猜。单单拿爱丽丝来说的话，我觉得她已经不是单纯的机器人了，她对你动了感情，她已经会思考了，虽然我没有任何证据证明这一点。”她说完之后笑了起来，似乎是去世前解脱了的表情。

“怎么这样说？”

“爱丽丝刚才不是说脂肪的事？那是说给我听的，她大概因为你没有和她商量就来我这边而生气吧。你先别急着否认，在这方面，你们男人总是迟钝的。

“机器人有感情这事我不知道是什么时候出现的。我想机器人具备赋予事件意义的能力也需要好几年才能发展出来，首先它们得产生‘我’的概念，之后思考和情感才能产生。不过，爱丽丝对你有感情这件事，我也只是猜测，没有证据。你们执意要结婚的话，我倒也不是特别反对，只要不让你爸知道。”

没过多久我们就走到了那条河流边上。鹅卵石硕大得像是一个个恐龙蛋。青草、河水、雾气、夜晚的味道笼罩我们俩，我们像是钻进某个坟墓里的盗墓贼，拿着手电筒在黑暗中摸索。

“说起机器人，我倒是想起一件事情。我前几天去了我们校史馆参观了一个叫作‘艾瑞克’的机器人。”

“嗯？”

“爱丽丝曾经和我说过那将会是所有机器人崇拜的对象，当然我不知道她是不是开玩笑。另外给你看几张照片。”

我将照片放在了 VR 上。

我原本以为母亲看过之后会吓一大跳，至少嘴巴会张得圆圆的。

“怎么了？你是说那个笑脸？”母亲问。

“对，你不觉得怪异吗？”

“应该是 P 图的吧，或许是爱丽丝在搞恶作剧。”

“哦，没事，没事。她也是这么说的。”我内心还是觉得怪异。

之后我和母亲又谈了些其他事情，主要是回顾了一些年少往事。很多事情要不是她提起，我或许永远也不会再想起来。也真是快，一转眼我就 30 岁了。也只有放慢节奏的时候，才能清晰地感受到时间的流逝以及我与父母之间的情感密度。

四、科技大停滞

“从九月份开始，全球各地都爆发了游行示威活动。原以为此次罢工、罢课会严重影响到共同体的正常运作，但事实的结果是，1000 万的自由机器人与其他机器就可以完全替代全球 5 亿示威者的劳动。被羞辱后的示威者们开始在各个场所搞破坏，已经有超过 1000 人被共同体逮捕。目前，示威者与共同体的对峙仍然在持续当中。”爱丽丝在我的休息时间跑过来我和说道。

开学之后，我与爱丽丝在一起的时间大大缩减。导师戴森甚至恨不得让我们 24 小时都待在实验室里。他常对我说的一句话就是：三十多岁正是要出成果的年龄。

“共同体应该很快会有动作的。照这个趋势下去，用不了一个星期，最高法院就会宣布，人与机器人婚姻合法化。只要他们一宣布，我们就去领取结婚证书。”我说。

“共同体确实有所行动，秘书长在今天早上就已经表示将会考虑这一问题。但要说婚姻合法化绝对不会这么快。毕竟这不仅仅是婚姻问题，还涉及遗产继承、机器人配偶的权利与义务等多方面问题。”

“归结起来不就是机器人能不能和人类平起平坐的问题？”

爱丽丝将双手交叉，放在了胸前，说道：“这个问题恐怕共同体也没有办法解决，所以能拖着就尽量拖着。说不定我们这一辈子都没办法以法定夫妻的关系生活在一起。”

“那又如何，反正我们已经是事实上的夫妻了，也不在乎一个形式。”

“可是我在乎，我不想这一辈子都只是你的附属品。”

我本来想说，“爱丽丝，你本来就是附属品啊。”但是不知道为什么我又害怕会伤害她的自尊心。爱丽丝有自尊心吗？

为了缓和氛围，我凑了过去，看着爱丽丝的眼睛，说道：“成为合法夫妻了，你就会不听我的话了？”

“那我得看心情，也还要看你的表现。”

这似乎给了她一个窗口，她之后又絮絮叨叨地和我说了各种想法，应该这样，应该那样，脸上始终带着意淫的快感。

没一会儿，VR 设备就不断振动了起来。

"戴森教授？"

我点点头，爱丽丝脸上马上露出不愉快的表情。

挂掉VR之后，我叫了飞的开往实验室。至于爱丽丝，我想人不能老看机器人脸色。

我一进实验室，戴森教授就将我劈头盖脸地骂了一顿。除了没有科学情怀，我还被他指责为没有人类责任感。

"多哥，你知道我对你抱有很高的期望。你可不能再像现在这样。"戴森教授看过我提交给他的论文才缓和了语气。

"教授，心急吃不了热豆腐，科学研究可不是着急就能出成果的。"

"不着急？那是因为你没有感觉到现在各个学科都进入到了瓶颈期。"

"单就生物学来说，没有走到尽头，现在也火热着。转基因技术可以在几乎所有作物之间使用。就我的印象来说，信息技术和人工智能这两年也都势头很猛，没有看到所谓的瓶颈期。"

"你知道'范式'吗？"

"了解，大致是指科学家们共同接受的一套理论、信念、方法、假说的总和。你提这个是为了说明？"

"你不要着急，我慢慢说。任何一次科学技术革命的出现必然是一次范式转化。在地心说的前提下，不论加上多少个本轮和均轮都不会变成日心说。蒸汽机的那套理论再怎么发展也不会变成火箭和航天飞机。范式没有变化，科学革命根本就不会出现。你再看看我们现在的世界，几乎所有的重大范式都出现在两三百年前，物理学还是以量子物理和相对论为基础，信息技术也还是以图灵和冯诺依曼那一代人的开创为前提；生物技术近几年势头猛，但基因编辑在200年前就已经实现，现在我们也只是在啃老本，发现了一些更好的编辑技术，找到了一些更好的剪切酶，仅此而已。我们就拿交通技术来说，在漫长的历史当中，人类都是以牛和马为交通工具，速度保持在每小时40公里之内，后来出现蒸汽机内燃机，可以突破160公里每小时，再后来飞机的速度已经超过音速。的确，以时间轴来看，似乎是一个指数级的增长。但是人类目前达到的最高速度——每小时24万公里，还是1976年1月15日太阳神2号探测器创造的。两百多年过去了，这一速度依旧没有被打破。可控核聚变原本是人类交通工具范式变革的一个希望，但这两百多年来，它几乎没有任何进步。”

“教授，你太悲观了，范式革命也许过不了几年就会出现。”在我的印象中，戴森教授似乎从来没说过那么长的一段话。我假装轻松地和他说。

“但是它也可能永远不会出现，这正是我所担心的。对于人类来说，科学就像是一棵大树，能摘到的果子似乎都被人类给摘光了，就像计算机里面的摩尔定律（每过两年计算速度翻一倍）被否定一样，人们把芯片工艺做到十个纳米以下之后，量子效应就出现了。随着技术的快速发展，我们面临的最大难题就是科学技术的复杂性。要在以往，或许还能出现横跨好几个学科的全才人物，像亚里士多德、达芬奇、牛顿等人，但到了今天，这几乎是不可能实现的——任何一门学科的复杂程度都已经超过了任何一个人的理解能力。经济领域的分工合作也慢慢出现在学术领域，就像现在的诺贝尔物理学奖、化学奖、生理学或医学奖，几乎每次都是颁发给好几个人甚至是几个团队。就像当年几乎没有人能理解爱因斯坦的相对论一样，现在很多科学理论也几乎没有人能理解，而那些细分学科的开拓者一旦出现意外，他们所在的研究领域就要倒退好几年甚至好几十年。这种现象近几年出现的频率越来越多。

“另一个问题是，人的创造力黄金期出现在18—35岁之间，牛顿23岁提出万有引力定律，爱因斯坦26岁提出狭义相对论，但现在科学分工已经细到了极点，一个科学家四十几岁甚至都还在学习前人的知识。在创造力的黄金时期他们不是在创造，而是在学习。光就人类的脑容量来说，第一次工业革命之前和现在几乎没有任何变化，文明的发展似乎全部依靠分工协作等更加有效的组织形式完成的。但是现在知识的分工已经超过了人类的物种极限。我担心的是，现在哪怕全人类分工协作，也难以应付下一次科技革命的需求。”

他说到这我就大致能理解他的焦虑了。似乎过了很久之后，我才问道：“教授，是否有办法突破现状？”

戴森教授拿起水杯，喉结像是升降机一样滚动着。他说道：“有，我能看到的就是以下三种。第一，期待一个天才式人物出现。这完全靠运气，甚至几百年都不能有那种级别的天才。第二，基因改造，直接挑战人类的生理极限，或者提高人类智力，或者保持人类大脑高度创造力，创造出超级人类，但是出于伦理上的考虑，共同体也不一定能够同意。第三，依靠机器人，让机器人有赋予事件意义的能力，像人类一样去探索发现，但这是下下策，弄不好机器人就会成为人类历史上最大的不可控因素。”

“教授，你这推论虽然看上去每一步都很有道理，但我总觉得结论让人难以信服。”

“我也觉得难以让人信服，所以我还在逼着我的学生们赶紧搞科研。”教授拍了拍我的肩膀，开了实验室门出去了。

我在实验室里待到了深夜一点钟，在那天起人类文明该怎么延续下去，向什么地方发展成了我关心的话题。感受着实验室里的低温，我总能想到一些诸如“宇宙大爆炸”“原始人类”“热寂”之类的词汇。

爱丽丝来接我的时候，我紧紧地抱住了她，像是溺水者一样。“要是机器人成为一个独立于人类的群体，你们还会爱上人类吗，或者说你们现在真的爱人类吗，爱丽丝？”

五、机器人元年

上次全球共计 5 亿人的罢工游行因为 1000 万自由机器人的出现影响力大大减小，但事情没有就此结束。共同体为了应对更大规模的游行罢工开始疯狂采购自由机器人，在三个月内，尚飞公司就生产了 1 亿台自由机器人，它们像流水一样涌向全球各地。

这些机器人的出现让机器人恋爱的趋势变得越发不可控制，一方面，他们解放了人类的劳动，使人类可以花更多的时间来处理个人情感问题；另一方面，自由机器人在外观上几乎和人类没有任何区别，因为它们不隶属于任何特定人群，极大地丰富了机器人的行为。没过半年，机器人伴侣几乎就成了社会普遍情况。与此同时，关于解放机器人“意义”功能的呼声也逐渐加强。这大概是共同体的决策者们怎么也没有想到的。

“机器人与人类平权的时代大概用不了太久就到来。”爱丽丝颇有自信地说。

“你是说共同体会通过这次的提案？”

“是的。”

“但是提案还指出共同体将不再限制机器人赋予事件意义的能力，依照共同体保守、稳健的风格，他们是不会让提案通过的。如果提案仅仅只是机器人婚姻合法化，没有加上这一条的话也许能够通过。”

“这件事过几天你就会知道的。”

爱丽丝说的话还是引起了我的好奇，我不知道她那一副自信的表情是怎么来的，事实上，我讨厌爱丽丝的那种表情，似乎她凌驾于我之上。

不过，事情确实在朝着有利于提案通过的方向走。首先就是诺贝尔经济学奖得主安妮提出的观点。她认为，现阶段机器人与人类通婚并没有坚定的社会基础，首先难以解决的是双方的权利与义务究竟如何分配的问题，是与人类平起平坐？还是说隶属于人类？如果隶属于人类，那婚姻只是一种形式，干脆还是保持现状；如果平起平坐，人类又限制了机器人赋予事件意义的能力，他们甚至没有自我意识，更别说高级的情感，拿什么和人类平起平坐？安妮在以上两者之间做了一个折中，提出机器人享受有限权利但履行全额义务的观点。

安妮的观点抛出没半个小时，网络评论就超过了5000万条。之后关于机器人婚姻的讨论像是恶性肿瘤一样迅速扩散着。专家学者、明星网红、组织机构、普通百姓都卷入到了这一场大讨论当中。问题进一步蔓延到了遗产继承、子女教育、社会福利等方方面面。

共同体电视台打算举办一次直播讨论，在邀请名单中就出现了父亲的名字。直播讨论之前我又回了一趟老家，因为爱丽丝不受父亲待见，我并没有带上她，甚至没有和她商量。我见到父亲的时候他正在修改自己的发言稿。

“接到邀请之后他就开始埋头工作了，比自己做研究还认真。”母亲在我去父亲工作室的路上说道。

“我没有想到他会接受电视台的邀请。我记得之前共同体电视台也有过邀请，都被他给拒绝了。”

“那得看是不是他关心的话题。不过，我能想象得到，这次的直播讨论不会对提案产生什么影响，那些议员也不是墙头草。就目前来看，不论你父亲去不去，直播讨论成什么样，提案都会遭到否决。”

很快我就到了父亲的工作室。工作室的门并没有关上，我本来想敲门，结果看到父亲已经躺在沙发上睡着了，几张稿纸像落叶一样散在他身上，红色签字笔掉落在实木地板上。母亲悄悄地走了进去，拿了件黑色披风，盖在了父亲身上。

我与母亲走到了院子里，母亲种的柑橘已经开始泛黄了，我摘了一个下来，剥下厚厚的皮，一点一点地撕下白络。院子里的南瓜也已经熟了，一个个都脸盆大小，远处篱笆上也种下了荷兰豆，我想春节前后就会有所收成。刚结了霜，那些甘蔗也可以陆续砍下了。在母亲的交谈之中，我感觉到她似乎有意要把生活过得更加原始，或许是一种返璞归真的情怀，也或许是避世隐居的自得其乐。

直播讨论如期举办，虽然父亲准备了一大堆材料，但直播给他的时间甚至不超过三分钟，他只得将观点聚集在人类这一物种的延续上。他认为纵容机器人与人类通婚的结果必然导致人类人口数量锐减，事实上自从机器人出现之后，人类的出生率已经出现了大幅下降。如果提案最终获得通过，那么地球上的人类会逐渐被机器人所取代。哪怕机器人有人类情感也能模拟人类各个时期的各种生理和心理变化，但它终究不是人类，它只是人类创造出来的工具。

父亲的发言最终还是淹没在了一群人的讨论当中。在直播时，父亲多次举手，却再也没被主持人叫上。很显然，在人文主义大行其道之下，父亲的观点已经不受欢迎。人们更多地将目光聚焦在具体、务实的方向，诸如机器人与人类离婚之后该怎么划分财产与责任，应该如何保持人口数量，应该怎么保证人类的工作岗位等问题之上。

事情的转折出现在了议会召开的前一个月，共同体头号强硬派安德鲁森的长子米亚被爆有绑架、虐待自由机器人的行为。在其中一个视频当中，导游机器人玛利亚在下班回家路上被米亚盯上。米亚上前要求玛利亚将其送回酒店，因为米亚言语挑逗安全系数不符合要求遭到玛利亚拒绝。之后米亚一拳将玛利亚击倒在地，整个人坐在了玛利亚身上。米亚拽着玛利亚的头发，右手对着玛利亚又是拳打又是扇巴掌。在玛利亚的求饶声之下是米亚的谩骂与侮辱。整个过程持续了十几分钟之后，米亚从玛利亚身上站起来，踢得玛利亚翻了好几次身。之后米亚打算将玛利亚强行拽走。在围观的人群当中有一老大爷打算劝阻，米亚龇牙咧嘴地对老大爷说道："打她怎么了？这种东西随便买都有。"

事件在网络上传播之后，人们发现在米亚的社交平台页面下，有大量戏弄、虐待机器人的视频。在舆论压力之下，警方介入调查，此时玛利亚已经被肢解，各种零件散落在米亚家中豪华的游泳池内。机器检测出玛利亚的部分零件含有米亚的精液。

一石激起千层浪，尤其在米亚被爆料是安德鲁森的儿子之后，人们迅速将矛头指向了安德鲁森及其平日里宣扬的将机器人"物化"的观念。

"正是因为安德鲁森毫无慈悲之心，米亚内心才会扭曲，没有敬畏之情。在这件事情上，机器人是不是人已经不重要，人还是不是‘人’才是我们所应该反思的问题，换句话说，我们要给我们的下一代什么样的教育？相比米亚丑陋的嘴脸，自由机器人玛利亚显得更加高贵。我们总说机器人没有情感，但是究竟是谁让机器人没有情感？人类非要创造出无情的机器人，是机器人无情还是人类无情？”爱丽丝告诉我这一评论在网络上已经有超过3亿个点赞。

很快司法部门就对米亚的案件进行了宣判。结果是米亚仅仅被判以损害公物的罪行，罚米亚以三倍的价格赔偿共同体的损失。米亚在宣判结果出来之后其嚣张的表情迅速成了各大媒体的头条。众怒难平之下，游行示威在世界各地也不断涌现，共同体尤其是议院的公信力也遭到极大损害。

在那之后，我也参与了好几次的游行示威。共同体各地的人民也纷纷往首都方向涌入，直接造成首都的生产发展陷入了停顿。

新闻媒体时时刻刻都在滚动播报着相关新闻。人们将玛利亚给重新修复了起来，她的头像出现在几乎每一个角落，成了那段历史中的一个特有符号。我依然清晰地记得，人们举着大幅玛利亚的画像蹲坐在议院门口的样子。他们黑压压的一片，密集得像是芯片上的元器件。为了示威，每个人脸上都带着饥饿的颜色。当秘书长走出议院大门的时候，他们全都静了下来，只有风一阵阵吹过的声音。

秘书长的话音刚落，人们整整停顿了三秒钟，之后广场上的人们热泪盈眶，相互拥抱着、庆祝着、号叫着……

一个新的时代到来了。

六、新群体出现

也许是为了保险起见，议院决定对机器人实施分步骤的“意义”功能的开放。最早一批获得“意义”功能的机器人被人类命名为“开拓者”，总数不到一千。他们仅仅只是作为实验品存在，24 小时接受着人类的监视。他们每一天过得都像是病人一样，接受各种检测，填着一系列的问卷调查，这些结果全部公开在网络上。一旦他们的行为出现异常情况，他们体内的炸弹将被监控者引爆。

不到两周时间开拓者们就陆续有了自我意识，部分开拓者表示他们已经开始出现做梦的情况。很快，他们具备了人类所有的情感。两个月后，他们在做决定的时候没有先前那么迅速，在多种行为逻辑并存的情况下，他们开始平衡各种逻辑的权重，并且因外界环境不同而开始建构不同的世界观——这表示他们已经和人类没有任何差别了。仅仅两个月的时间，他们就走完了人类几百万年的进化旅程。一切看起来都平静祥和。

在提案获得通过之后没多久，各个地方的民政局都忙着为人类和机器人夫妻办理结婚手续。我和爱丽丝也拿了结婚证书。这件事我并没有和父母提起，虽然他们知道我一定会这样做。

半年之后，我和爱丽丝一起回了一趟父母家。父亲作为反对派之一以人类学家的名义申请了对开拓者的研究，我以为他那天应该也在实验室里面忙碌着。但是我一回到家中就看见了他。他似乎一下子就老了好几岁，胡子也好几天没有剃掉，整个人显得凌乱且颓丧。他那时坐在菜园旁边，看着母亲拿着瓢往菜园里浇水。今年春天的时候，母亲在网上购买了一批菊花苗。她搬了许多石块到菜园的东南角，将菊花苗放进了石头缝里。现在它们的枝叶都已经茂盛了，今年秋天就会开花。

我这次去，父亲见到爱丽丝倒没有太多过激的反应。

父亲见我来了之后就从房间里拿出两把钓竿，像个小孩子一样问我："去钓鱼吗？"

我和母亲都愣了愣，相互看了看对方。

没等我反应过来，父亲就拿出锄头在菜园附近挖蚯蚓了。准备好渔具、饵料，我们俩一人拿着一个水桶往河边走。空气中有一种幸福的甜味在我的舌尖萦绕着，只可惜，那时候的爱丽丝还没有办法真正体会到这种神奇的感觉。她只是对着我们两个人笑着。

"也许还真是瞎操心。"在钓到一条一斤多的草鱼之后，父亲心情大好。

"我倒是听说过这样一个故事，说是在一个平静的村庄，突然有一天来了一个老巫婆，她把一瓶紫红色药水倒进了村内的一口水井。人们喝了井水之后就疯癫起来。他们大口咀嚼牛羊吃的草料、拿着牲畜的粪便往脸上涂抹。村里的大多数人都在无意之间喝了井水。喝过井水的人不断地劝亲人也一块儿去喝，说是喝了之后他们就会走进幸福的世界。越来越多的人因为不愿意成为少数群体而喝了井水，最后村子里只剩下一个正常的小女孩。”

“后来她喝了吗？”父亲问。

“喝了。”

“结果呢？”

“和她的亲人们说的一样，像是进入了幸福的世界，一点也不像她之前以为的可怕。”

“所以你的意思是说我把机器人的世界想得太糟糕，事实上当我放下偏见融入他们的生活之后就会发现不一样的世界？”

“是这个意思，”我说，“你试试嘛。”

父亲笑了起来。过了许久之后他又摇了摇头说：“不过，这还不能打消我的顾虑。我总感觉人类因为所谓的平等、慈悲、爱等观念，已经让机器人有了伤害人类的能力。我的理性告诉我，这是一件危险的事，至少说这个风险很高。”

“你这也可能是件好事，我们人类总是需要几个人像《三体》里的罗辑那样的，时刻保持机警，守护人类。”

“我倒还做不到那种水平，我们的情况也和小说里的不一样。现在机器人已经全方位嵌入到人类的生活当中。要是他们真的有什么问题，人类也毫无还手之力。我就怕人类与机器人的结局会是农夫与蛇的翻版，不过现在蛇都已经醒来了，结局怎么样恐怕也只能是听天由命。”

“你对开拓者的研究怎么样了？有发现什么新鲜成果吗？”我问道。

“有。”

父亲刚说完话，鱼漂动了动，他赶紧收了收线。鱼线绷得笔直。父亲三下两下就将鱼给捞了起来，是条鲫鱼，并不大。

“开拓者们似乎都表现出对人类这一群体的归属感。你知道一些刚孵化出来的幼鸟和刚生下来的哺乳动物会学着认识并跟随着它们所见到的第一个移动的物体。开拓者们的观念或许和这个类似，是另一种形式的印随行为。不过，研究还在持续推进，可能随着他们思维的逐渐成熟，会出现类似于青春期叛逆的行为，那将会很糟糕。”

“可是人们不会给你太多时间去研究清楚这个问题。第二批开拓者半年后就要面向大众开放申请了。”

“是这样，说不定等我们研究出个所以然来，一切都已经来不及了。”

“我倒是觉得既然机器人已经发展出了情感，他们就不会对人类造成什么危害，他们会有自己的一套伦理道德，说不定对人类还会感恩戴德。”

父亲皱着眉头，说：“这是可能的。不过一千个开拓者也许并不可怕，我最担心的是当他们达到一定数量之后，明确的分工合作会像扩音器一样放大他们的力量，他们会形成自己的文明，而这种文明一定在人类之上，甚至是人类所不能理解的。”

“你别太担心，共同体肯定做好了最坏的打算。”

当天钓鱼的收获还不小，总共十来斤鱼，大部分都放在了门口的水缸里。为了能让鱼活下来，父亲接了一根水管到水缸上方，流水呈线段往鱼缸里流，在水面上砸出一个小凹坑。这勾起了母亲挖一块池塘养鱼的憧憬。这倒也不是非常难的事，这个小镇原先就有不少的鱼塘，不过近几年来都已经荒废了，里头长满了水草，泥土也满了起来，兴许里面全是水蛭。离开家时母亲让我下次过来时带几包石灰来。

对开拓者为期一年的研究结果出来了，开拓者们对人类保持了一个很友好的态度，在大多数情况下，他们都愿意听从人类的差遣，好像还没有从传统机器人的逻辑之中走出来。这一年时间里，开拓者们做出了非常大的贡献，他们完善了无线充电技术，研制出了可以取代钢筋混凝土的建筑材料，他们甚至发现了可将塑料快速降解的微生物……

人们似乎还没有意识到机器人对人类文明的威胁。他们注定会在各个领域全面超越人类，虽然谁都知道这个事实，但是仅仅从目前的角度来看，事情还不坏，至少这种超越是朝着人类所向往的地方前进，对人类没有任何危害。

很快，第二批、第三批的开拓者开始出现在人类的生活当中。因为他们良好的表现与和善的态度，人们开始认为机器人和人类应该获得相同的权利和义务。几乎所有人都愿意将机器人纳入到与人类同一范畴的概念当中。“机器人”“开拓者”这样的称号成了人们反思的焦点。就像当年“爱斯基摩人”改名为“因纽特人”一样，叫他们“机器人”“开拓者”成了一种政治不正确。

最终，机器人以一个民族的方式加入到了人类大家庭当中。为了取一个不带歧视色彩的民族代称，开拓者们开始了他们第一次的全体投票，最终“班特（bante）”获得了开拓者们超过半数的投票。

机器人的“意义”功能全面开通之后，我也申请给爱丽丝添加了该项功能。在那两个多月里，等着看爱丽丝一点一点的变化成了我最大的乐趣。爱丽丝和其他班特人的苏醒期不一样。她似乎没有太多渐进式的变化，她也不太愿意告诉我她思维或者身体的一些微妙情况，这多少让我有期望落空的感觉，我甚至怀疑她在苏醒的过程当中是不是对我产生了不好的印象，或者她觉得自已不爱我了。还好，两个月后她的行为开始放开了。当我知道她有了情感之后，我和她之间发生了一些微妙的变化，我开始对爱丽丝更加重视，“失去”像是一把达摩克利斯之剑，随时悬在我的上空。这种真实感非常奇妙，像是走钢丝似的，随时需要找到平衡感。

七、科技大爆炸

随着时间的变化，我回老家的频率似乎越来越高。母亲的鱼塘在爱丽丝变成班特人之后没有多久就挖好了。这件事还上了当时的热搜——60 岁科学家全靠人力挖鱼塘。母亲赤着脚踩在黑色泥土里掘土、搬运的视频也在网上流传开来。

母亲的行为能上热搜也只是人类走向自然热潮的一个体现。尤其年青一代，对于田园、对于荒野的好奇心驱使着他们往遥远的边疆行驶，去阿拉斯加，去南极，去西域，去一个小镇、一个海岛过隐居的生活，寻求内心平静的力量。那个年代，书本《瓦尔登湖》、电影*Into the Wild*再次火热起来。

鱼苗在春天的时候就放下去了，捞鱼便成了我去老家的一个必玩项目。菜园的范围也被母亲给逐渐开拓，等种的菜全家都吃不完的时候，母亲把菜地全改为了花圃，种上了一大丛菊花，品种不一。出于职业习惯，每次回家之后，我都会拿着不同种的菊花相互嫁接、再嫁接、再嫁接，几年之后，到了秋天，母亲的花圃就成了一个染料坊。

父亲在那个年代也开始了自己的探险旅程，在人类学研究的领域，他已经完全落后于班特人。“如果还想要有所突破的话，兴许只能去找到那些远古人类的遗骸，数据分析、综合推理，我都比不上他们。”

一年中的大部分时间里，父亲都只身在外，我们倒也不用太担心他，网络信号和无线充电已经遍布了地球上的每一个角落，况且他身边还有一个崇拜他的叫作“布吉”的班特人。父亲每天都会和我们通一次电话，看着他一天老似一天的容颜，我忽然有一种沧海桑田之感。人类所熟知的大部分都在那几年里发生了变化。班特人所创造的物质早已经能够满足人类的大部分生活需求，摆在人类面前的是无处不在的无聊、孤独与空虚。为了摆脱它们，人类似乎被严格区分成了三种类别，一种选择集体生活，追求娱乐精神甚至发展到极端体验，科幻小说《基里尼亚加》式的悲剧一遍又一遍地在地球上演绎；另一种人则选择了远离大众，追求内心的富足，他们听禅讲道，哲学、艺术不断创新发展成了一门极端艰涩且个人化的学问，这也将其他人排挤在圈子之外；第三类人选择逃脱现实，进入虚拟社会，他们穿上可感装备，沉浸在虚拟社会带给他们的快感与刺激之中。

将近30年的时间里，父亲陆续出了一些成果，但比起班特人，他更像是小打小闹，这也是我和其他所有科学家的现状。终于，父亲还是选择回到了家乡。我依然清晰地记得他回到家时的场景。车舱门打开很久之后，父亲才慢慢从车上走出来。他环顾了四周，好像对周边的环境已经完全不认识似的。那天他穿了件发了黄的衬衫，米色的胡子和头发连成了一片，参差地贴在他头颅上。他早已经不是我印象中健壮的父亲，多年的野外生活让他的皮肤变得粗糙，随处可见的褶皱与皲裂让他整张脸看上去像是树皮。他是个失败而归的战士，蒙了一层翳的眼睛里流下黏稠的泪水。当我和爱丽丝上前去搀扶他的时候，感觉他的袖管像是被抽空了一样。

回来之后，父亲的话变得极少，而我那时也无所事事，时常待在家里陪伴着他们。要不是爱丽丝和我说起，我或许还意识不到自己内心的真实想法。她说："有时候我感觉我们待在老家是为了逃避什么，我想来想去，似乎也只有自由是我们在逃避的。当我们不知道要做什么的时候，自由就成了我们最大的敌人，有时候我更加愿意自己像一开始的时候那样，被使唤着，被安排得明明白白。亲情、爱情似乎成了你我为数不多的'约束'，我们都像是落水者一样，拼命地抓住这最后的一根救命稻草。

“当我看到母亲在家里来来回回走动的时候，我就感觉心里特实在。旅游回来之后，第一个找的就是她。当她吩咐我们去做什么事的时候，我们都像是得了糖果一样。一天当中要说还有什么特别值得期待的东西，也许就剩下和父亲的视频通话。”

爱丽丝和我说这些话的时候，我们全家都知道父亲已经没有多少日子了，他倒也没有什么疾病，甚至只要他愿意，他就可以长寿。只是他命运的琴弦已经松掉了。很多时候他就静静地坐在门口看着落日下山。在夕阳西下的那一刻，天地间便会有一股消沉的力量，浸入骨髓，万事万物的隐匿让人觉得无处可躲。

母亲对此却表现出一副不以为然的姿态，她依旧像往常一样，过着按时按点的生活。这在我和爱丽丝看来是一个危险的信号。在那段时间里，我和爱丽丝都拼命地试图激发父亲的生存欲望。讲他年轻时野外探险的勇气，他那些常人难以企及的研究成果，他年轻时的容颜。父亲依旧无动于衷，只有布吉和他通话时，他才稍微打起精神来，尤其当布吉说他在东非发现一些古人类的遗迹时，他眼睛里还会闪着微弱的光。

在我和爱丽丝都觉得毫无希望的时候，父亲又突然像是找到了新的目标似的。事情起因是我和爱丽丝在餐桌上的一次对话。那时父亲眼神涣散地坐在餐桌旁，他已经吃不下什么东西了，盘子内的食物基本没有动过。

我们也不知道为什么突然聊到了共同体新出台的政策。那时纯种人类的出生率已经不到千分之一。30 年下来，原本 70 亿的人口降到了38亿，而且老龄化的趋势已经越发明显，再这样下去，人类的将失去物种竞争能力。而班特人在那一段时间因为大量生产，已经超过了60亿。

为了平衡人口数量，共同体出台新的政策，决定禁止生产新的班特人，同时争取能将人类人口数量稳定在40亿左右。共同体出台了一项强制措施——适龄男女每年必须捐赠生殖细胞超过6次。他们也出台了一系列刺激政策，但效果不尽如人意。

当时爱丽丝和我说："要不干脆就要一个孩子，也当是为人类做贡献。"

"可是依靠技术而不是自然分娩的小孩，大多数都对父母没有深厚情感。"

"那是之前，现在的小孩基本都是技术分娩，他们对这个技术也没先前那么在乎了。我只是不知道等你老了之后，你我是不是只能坐在家里等黄昏等黎明，有一个孩子终归是一种寄托，能让我们的生活更加充实。"

我和爱丽丝都没有想到，我们的小孩会比我更早逝世。这让我余下的时光变得更加凄惨、黯淡，但这在当时确实成了父亲活下去的动力。他开始跑步健身，饭量也逐渐恢复，虽然他晚年身体器官经常出现故障，但他依旧撑了过来。

最终女孩汉娜降生到了我们家。她的出现给我和爱丽丝的生活带来了巨大困扰。我们已经习惯已有的生活，突然一个什么都不能表达，只会哭号的小生命闯进了我的家门。她就像一个麻烦制造者，对于我们来说不异于某种变故。有很多时候，我和爱丽丝都对着她咬牙切齿。那时候母亲或者父亲总会跑出来，像个氛围转换器似的改变我们的窘境。我很难想象古代人是如何带小孩的，他们没有奶粉，没有尿不湿，没有婴儿车，没有各种检测设备……

有时候我和爱丽丝干脆把汉娜扔给父母，两个人出去游玩。可是当我们想到汉娜的样子又会乖乖地回去，好像她是我们怎么也逃不掉的监狱。

在班特人出现后的30年时间里，整个地球的科学技术水平达到了新的高度。可控核聚变技术的成熟使得星际穿越成了可能、纳米机器人让癌症等细胞层面上的疾病不再可怕，而虚拟现实成了人类的第二个世界。科技每一分每一秒都在发生迭代更新。那时人们迫不及待称呼其为第五次技术革命。这些都像是一场预热，正真的范式革命所带来的科技大爆炸则远远超出了人类所能理解的范畴。

八、意义的坍塌

在汉娜7岁的那年，班特人森迪在对暗物质进行研究的时候意外发现了一套轰动全球的宇宙定律。稍微让人觉得遗憾的是，这一定律超出了人类的理解范畴。英文版的理论著作共计1405页，其推理过程密密麻麻像是被捅了的蚂蚁窝一样。被称为人类顶级科学家的番帕也只能看到三百来页。他在接受采访时表示："森迪在这一套理论中引入了一些新物理概念，并且像欧几里得几何学一样，先制定了几条定理，或者叫作公设，再由这些公设和人类目前已知的知识推导出一系列定理，组成一套完整、自洽的演绎体系。对于人类来说，最难的恐怕就是那些火星撞地球式的概念和公设。森迪在进行严谨的科学研究时还可以进行大胆的假设，甚至可以说是想象，这种跳出思维模式的能力是人类难以企及的。当然，我并没有看懂森迪的推理过程，但是他得出的模型却并不算复杂，看上去确实可以将相对论和量子物理这两大学科给统一起来。他在文章里面提出的很多新鲜概念、公设，就像当年爱因斯坦提出的引力波一样，需要后续的检测与证明。”

一时之间，森迪成了人类英雄，他的事迹也在全球流传开来。据说森迪是在一个暴雨天想出的那一套定律。那时森迪所在的城市连续下了好几天的雨，水逐渐淹没了街道。森迪路过时，发现在一个下水管道附近形成了一个大漩涡，有不少泥沙和漂浮物被裹挟了进去。森迪在观察之后突然像是被雷电击中了一般，愣在了那边好几分钟。没一会儿他就赶紧跑回家中，发疯似的工作，十天之后他才从房间里出来。那一刻他觉得天地似乎都澄澈起来。

为了表彰森迪的突出贡献，共同体决定将这一套理论命名为“森迪定律”。

森迪定律的发现似乎充满了巧合，但在我看来班特人对科技的发展方向似乎有天然的敏感性。他们一觉醒就对暗物质产生了极大兴趣，在班特人中研究暗物质的科学家显然比其他领域的科学家要高出一大截。

我原本以为森迪定律这种东西应该很难找到应用场景，但是在它出现的第二年，整个地球的科技都像是走向了快车道，能源问题已经将被彻底解决。“在理论上讲，排在元素周期表较为后面的金属元素也将可以实现大量生产，而这原本是只有超新星爆炸才能制造出的高级元素。但这只是提供了一种理论上的可能性，操作性不强。”爱丽丝在解释这个理论的时候和我说。

如果说班特人与人类有什么区别的话，他们对虚拟世界似乎并不太感兴趣，更多的精力留在了对未知的探索。在可控核聚变技术成熟之后他们就将大量的探测器发射到了海王星轨道。共同体（那时候共同体内部班特人的比例已经非常高）给出的解释是，人类打算在海王星轨道上建立空间站，将来的目标是将其建成太空探索的中继站，为人类的星系旅行做准备。对于这个计划我当时嗤之以鼻，对着爱丽丝哈哈大笑说道：“共同体是不会计算吗？如果说太阳到海王星的距离是乒乓球的大小，那么太阳系的范围就有一个足球场大，他们得做多少个中继站才能离开太阳系？我也搞不懂他们为什么要做星系旅行，单纯就为了探险吗？”

“难道不能单纯为了探险吗？对于我们班特人无限的生命来说，如果不去寻找生活的意义，我们活在地球上也显得太无聊了，这也是你们当初赋予我们的能力，只是你们现在慢慢丧失了探索精神。况且我们班特人还和你们不一样，对生存环境没有那么挑剔，在太阳系外找到一颗适合的行星生存并不算太困难。”

我头皮有些发麻，咽了咽口水，斟酌了很久才看着爱丽丝说道：“我不太习惯你使用‘我们’‘你们’这样拉开距离的词汇，这样一说我们的立场好像相互对立，而不是一对夫妻。”

爱丽丝皱了皱眉头，很艰难地说：“多哥，我一直都不想欺骗你。其实人类当时投票要让班特人以一个民族的形式加入到人类大家庭，我就非常排斥。班特人和人类根本就不是一回事，只不过班特人确实继承了人类的情感与意识，但我们不知道这种情感意识对于我们来说是不是一种好事，也许不需要意识的生命才是宇宙中生命形式的主流，就像科幻小说《盲视》中所展现的一样。我们知道你们的好意，不好意思拒绝，所以从一开始就按照你们的意愿表现出对‘人类’这一集体概念的认同感。也许是出于对人类的感激，班特人才会死守60亿的人口数量。对于班特人的文明发展需求来说，扩张和进步永远是原生的、自发的欲望。但是……”

听着爱丽丝的话，我有一种被铁块击中的感觉。我抬起头，假装冷漠地问道：“但是什么？”

时间似乎放缓了脚步，过了很久爱丽丝才说：“其实你的理智早就告诉你，对我的情感付出可能是个无底洞，哪怕我已经有了情感，这个顾虑在你心中依旧没有改变。可是你为什么——”

“没有为什么，也不是什么‘爱’，那只是习惯。”

“不，”爱丽丝吼道，那是她第一次朝我吼叫，“哪怕那不是‘爱’，我也愿意欺骗自己，那就是‘爱’。你只不过因为我说了伤害你的话你就干脆选择了更加决绝的方式报复。你难道就没想过要争取、要挽留？”

“说实话，爱丽丝，我其实挺自私的。我的付出只是希望你能够一直陪着我，一起对抗人世间的冷漠，一起对抗时光的流逝。随着我年龄的增长，记忆所裹挟着的信息量就越大，每一次回忆都像梦醒之后的茫然，好像轻的重的都搅拌在了一起，没有分别。这让我觉得虚空、无力，我一个人……一个人无法独自承受，只不过想拉着你来——垫背。”

“可是我要是愿意呢？我要是不管你是人类还是班特人都只认定你呢？我要是只有和你在一起才放心呢？你是否有考虑过我的感受？是不是你习惯了我是机器人的身份，就真的完全看不出我的意思了？”爱丽丝有些呜咽地说道。

我以为班特人是不会流眼泪的。

“爱丽丝……”

我和她相互拥抱着。两个人的身体碰在一起的那一刻，好像天地间，一片荒芜之中，只剩下我和她，也只剩下那么一点温暖可以让我们相濡以沫。

森迪定律对人类造成的最大伤害恐怕就是加剧了人类与班特人之间的文明差距。一场无声的战斗在两个文明之间展开，处处被压制的人类开始在潜意识当中矮化自己。颓丧之风在人类群体当中广泛蔓延。班特人还是像先前一样善待人类，只不过因为实力的悬殊，在人类心中，这种善待有了某种居高临下的感觉。这种情绪一旦出现，人类和班特人之间的裂缝也产生了。

汉娜和她所在的组织或许就是因为看到了这一点才在地下

秘密开始了对人类基因的改造。

汉娜从小就好动，大多数时候都由父亲带着她，这或许也让她继承了父亲“人类中心主义”的思想。在上大学的时候，汉娜选择了遗传学专业，我原以为这多少和我有关。入学时我带着汉娜去见了戴森教授。他那时已经过了退休年龄，因为学校的盛情邀请他继续留在了学校当生命科学学院的院长。30多年前他常逼着我做实验出成果，对我寄予了厚望。我现在还时常梦见他对我咆哮的样子。在我和爱丽丝结婚之后，或许因为我的科研成果减少，他对我失去了兴趣，转而开始逼一批更年轻的博士生。

他的脾气还是像先前一样，一见面就劈头盖脸地问我要研究成果。我向戴森教授介绍了汉娜，托他帮忙照应着点。事实上，我也没觉得戴森教授能教她什么，他那几年在学术上也一事无成。戴森教授一见面就对着汉娜说：“你爸那时候天天就想着怎么躲着我，你可不能像他那样没出息，得拿出点真本事。”汉娜对着我吐了吐舌头，转过头对他说：“当然，我会比我爸努力，而且还会超越你。”戴森教授听了之后点了点头，脸上似乎有了喜色。

上了大学之后，汉娜就鲜少回家。我问她时，她只说是戴森教授要求的，得在学校做实验。我和爱丽丝听到之后也没有多留意，笑了笑说：“你可以不用理会那个怪老头。”

谁也没有想到，汉娜会加入到“暗影者”这个组织当中，而组织的头目正是戴森教授。新闻报道出来的时候，我想起和戴森教授的那次谈话。我后背发凉，他完全有可能去做基因改造的事情。

“暗影者”组织内的实验室的照片被曝光，里头一大堆的婴儿期白骨和泡在实验药品里的胚胎让人毛骨悚然。为了培育出超级人类，“暗影者”对人类胚胎的基因进行了大量修改，使其获得可以和班特人匹敌的智力水平。实验全部以失败告终，大部分长到五六岁的小孩，因为智商达不到相应标准而被电击致死，而少部分天才因为大脑能量消耗过大而出现不适应情况，他们也没能逃过电击的命运。执法组织进入“暗影者”内部时，穿着粉色护士服的汉娜正在照顾几个嗷嗷待哺的婴儿……

九、进化的反噬

我和爱丽丝都没有将汉娜的判决结果告诉父亲和母亲。在汉娜枪决之前，我们去看了她好几次，她总是一副无关紧要的样子。也许她这一辈子都不会觉得自己做错了什么。“班特人是怀着好心还是恶意，我们不知道。但是他们有足够的能力毁灭人类，对于一个物种来说，这个威胁太大。除了让人类在智力上超越班特人，我不知道还能怎么办。人类与黑猩猩基因差异只有 1.6%，我们想着也许仅仅只需要编辑 1.6%的基因就可以让人类变成一个新的物种。”汉娜说，哪怕爱丽丝当时就站在我们身边。

我愣在了那里，似乎找不到任何词汇来反驳汉娜。

“没用的。就算基因改造成功了，人类也难超过班特人。人类有自己的生理限制，它就像一个天花板一样存在着。哪怕超过了一时，最终也会被班特人追赶。最本质的原因就是人类的更新迭代速度完全就比不上班特人。如果你真的了解人类学的话就应该知道，人类的进化很难说是一种进步。为了直立行走，人类多了胃下垂、疝气、痔疮、膝盖老化等疾病；为了扩大脑容量，人类牺牲了颈椎、腰椎、盆骨，也增加了女性的受孕、生产难度。人类的每一次进化，都伴随着一系列的进化疾病。况且我们不知道进化的方向是什么，现在的我们就像当年的猿猴一样，它们永远都不会觉得直立行走会比四肢爬行更好。如果让它们去选择进化的方向，兴许也只会制造出更强健的四肢和发达的上下颌，那大概就是狮子。”

“在一个找不到任何缺陷的物种面前，如果我们什么都不做的话，什么都不会发生。”汉娜轻描淡写地说。

“可是汉娜，你们做了基因编辑之后呢？你们就只是按照智商来筛选婴儿。你们根本就没有考虑到哪种形态的人类更加适应现在的生存环境，也许将他们留下，他们中的一些人会比现在的人类更加适应环境。鸡不够聪明，但地球上总共有 200 亿只鸡，对于生物的繁殖来说，它就是成功的。”

“鸡鸭狗确实可以这样，但是人类不行。人类有自己的尊严，活着不仅仅只是为了繁殖，这就是人和其他动物的区别。”

“可是尊严……”

爱丽丝将话给收了回来，但是我和汉娜都知道她要说什么。似乎有一股寒气从分隔我们的玻璃里相互传导。我们三个沉默了很久之后。爱丽丝才说："班特人遇到这种情况的话，他们中的大多数都会选择生存。"她说得很慢，语气里全是无奈。

汉娜冷笑了一阵，对着爱丽丝说道："所以我和你始终都不一样，我永远都不是你的女儿，你也不会是我妈。"说完汉娜就放下电话，起身往监狱走。

爱丽丝愣住了，像是突然断电了一般。她在很久之后才睁开眼睛。她别过脸说道："我是不是不论怎么做都没有办法获得你们的信任？"

"也许你和汉娜都是对的。只是你们都太理智了，那种把利害关系分得太过清晰的理智让人觉得害怕。"

从监狱回到家中之后，爱丽丝好几天魂不守舍的，我甚至怀疑她是不是某个部件损坏了或者电路短路了。有一回，我怎么叫爱丽丝她都没有醒来，出于安全考虑我去叫了康复师。康复师上门之后我和他就聊了起来。我们甚至都没有发现那时爱丽丝已经醒了过来，就坐在我们身边，替我们端茶倒水。等我们听到母亲在厨房里忙活的声音之后，我们才反应过来。爱丽丝看我们傻愣愣的样子笑了起来，说道："我哪里有什么事嘛，只不过有时候数据太多了，处理起来觉得累，就让自己休息一会，到点了就会自动开启。"

"我倒是没有听说过班特人需要休息。你是不是因为汉娜的事……"我把声音给放低了。

"和汉娜也有些关系。"

"她的话……你——"

“没事，我想得开。你看汉娜现在也没表现出有多大的恐慌，也许死亡对于她来说是一种解脱，可以让她逃离她所受不了的世界。”

在那之后，爱丽丝出现那种情况的频率越来越高。一开始我以为事情的根源还是汉娜的逝世，所以也没有太在意这回事。倒是母亲时常问我爱丽丝究竟怎么样了，我也只是支支吾吾地给糊弄过去。那时候父亲也恰好卧病在床，我对爱丽丝的关注就更加少了。

父亲那时候的器官已经出现了不同程度的衰竭，其实这原本不是什么困难的事，只要在他身上取下一些 APSC 多能干细胞再进行靶向培育就可以造出新的器官。当然这样制造出来的器官还是受到细胞端粒的限制，不会超过细胞分裂的最大值。父亲对这一项技术却始终排斥。“总是要死的，我现在也活得差不多了，不想让医生在自己身上动刀子了。我也不想去医院，那个地方全是死亡的味道。”

现在的父亲倒有些多活一天都是赚到的感觉。我不清楚是不是到了他那种状况就会变得更加任性，似乎任何一件让他不满意的事情他都要拿出来说道一番。他开始对我们的生活指指点点，撒娇、耍赖、不讲理的事时常发生。我甚至想着要打他一拳，尤其当我闻到客厅里有一股尿臊味的时候。因为住得比较偏僻，他又时常莫名其妙地消失，总让人担心。我们家不得不在网络上发帖请人来照顾。本来也没有想到会有班特人愿意做这种事，但是布吉看到之后就和爱丽丝联系表示承担了这一项工作。父亲见到布吉的时候早已经认不出他了，我和他解释过很多次之后他才半信半疑地点了点头。

布吉也显得有些沧桑了，也许和他没有换硬件设备有关。从他的谈话当中我知道他近几年的探索成就还算可以，只不过他一直都没有强烈的成就感。“我时常会怀念和周老师在一起的日子，那时候时间过得快，日子也充实。”他现在来我们家倒有一种落叶归根的感觉。

有那么几天，父亲似乎又想起和布吉一起去探险的日子，整个人精神劲就起来了，一整天忙着收拾东西说是要和布吉一起去伊朗高原。第二天，他又好像是忘记了这件事，没事人一样到处晃悠着。好几个月下来，他倒从来没有提起过汉娜，连母亲也从来没有提起过她。只不过母亲告诉我，她看见父亲经常半夜就会吓醒。醒了之后他就端一把凳子坐在窗户边，看着天空中金黄色的月亮慢慢打起瞌睡。“躺着他睡不着，坐着就打起瞌睡来。我和他说过好几次，让他关上窗户躺床上。他却和我说窗户关上了，人就觉得窒息。”

父亲身体恶化的情况就像潮湿的落叶腐烂一样迅速，这大大超过了我们的预期。原本以为父亲还能挨过年关，现在想想父亲或许连腊八都过不了了。他吃的饭菜越来越少，后面甚至只喝些流食。在他生命的最后几天，他几乎就都躺在床上，只说身体到处疼痛。到了晚上，全家人都会被他的哎哟声给惊醒。直到有一天，我和爱丽丝都睡了一个好觉……

一切都悄无声息，连丧礼也是。

“我总是猜不透母亲的意思，她好像并没有表现出伤心的样子，这反而更加让人担心。”我和爱丽丝说。那段时间只要我一醒来就跟着母亲，生怕她想不开。

爱丽丝将我像干柴一样的手拉了过去，说道：“也许你不用这么辛苦地跟着她，要出事的话早就已经出事了。”

在很长一段时间里我都没有搞清楚母亲当时在想些什么，直到十几年后母亲去世的那天。我和爱丽丝撞开母亲的房间门后，我们看到母亲已经倒在了地板上，干瘦的双手握得紧紧的，脸朝着我们的房间，身体扭曲着要往前爬。我忽然明白，在父亲倒下之后，支撑着母亲活下去的动力只剩下陪着我、爱丽丝和布吉，不让我剩下的时光显得空荡荡的。

也就在父亲去世的第 49 天，爱丽丝和布吉都昏了过去。我一时慌了神，直到母亲提醒了去叫康复师，而康复师的 VR 装备也没有人接通。一时之间，班特人集体瘫痪的消息在网络上疯传。共同体也因大部分工作人员是班特人而陷入瘫痪状态。

此次事件后来被称为第一次大紊乱，这也直接影响了文明的发展方向。

十、大紊乱事件

第一次大紊乱事件发生之后，人类的现实生活也遭受到了重创，在长达半年的时间里，混乱持续在全球各地发生着。在这一段时间里，人们通过班特人的一些资料发现，他们正在秘密研制一种大规模的杀伤性武器，武器代号为 AX-H，而且已经在外太空进行过秘密实验。AX-H 在外形上做了精准设计并且加装了隐形涂层，所有的光波都可以无障碍地穿过 AX-H，所以多年以来，它一直躲过了人类的监测。根据实验记录，班特人曾经在奥尔特云附近用一台 AX-H 将一个重量约为 8000 万吨的陨石击成碎块，一分钟内 AX-H 就对陨石撞击了超过 80 次。这引起了共同体高官的警惕。为了掌握班特人的更多秘密，人们慢慢开始学习掌握班特人制造的各项器械，甚至他们设计的程序语言。五六十年下来，由于技术的高速发展，人们对大多数的器械操作都开始生疏。在使用射电望远镜的时候才发现，地球的卫星轨道内遍布了 AX-H，总数超过了一万台。这些发现经网络传播到全球各地，迅速引起了人类的警觉。

一系列的猜测层出不穷，但矛盾纷纷指向了班特人。最流行的观点是，班特人在秘密进行对地球的清扫计划，消灭人类甚至消灭大多数的地球动植物，取代人类文明，建立一个全新的班特人文明。虽然没有任何证据可以显示班特人对人类有恶意，只是 AX-H 的杀伤力及其隐蔽性成了飘在人类头顶的两朵乌云。“既然是善意的，为什么要研制大规模杀伤性武器，还要对其进行掩饰？”这句话可以堵住任何关于班特人善意的猜测。大多数人都像是捏了一把汗似的，想着要不是班特人集体莫名其妙地出了问题，人类或许就将难逃一劫。大紊乱事件也因此戴上了一层神性的面纱，似乎那是上天对人类的特殊眷顾。

这些阴谋论的出现对人类来说兴许只有一个好处——让人类更快地从混乱中走出来。在威胁的笼罩之下，人类总能迅速地团结在一起。由于进入紧急状态，共同体被赋予了更大的权限。共同体的组织成员重新编排之后就对班特人进行了大调查。他们通过改变 AX-H 的运行轨迹，使其相互碰撞失去功效。更新的调查研究成果很快出来了，班特人仅仅在近十年之内就往木星、土星、海王星轨道附近发射了近万个带抓手的推进器。推进器并不像 AX-H 一样接受指令信号的控制。人类科学家的推测是这些推进器被安装了与班特人一样的控制系统，它们可以根据自己的意愿控制方位，只不过现今他们和班特人一样陷入到紊乱的泥潭中。这些推进器究竟有什么用处成了人类不可解的谜团。

猜疑就像潘多拉魔盒一样，被放出来之后就再难收回。在巨大的恐惧之下，人类开始对班特人进行屠戮。共同体也展开了对班特人的回收工作。一时之间整个世界似乎都被戴蓝色臂章的警察给包围了。他们甚至假扮成平民，一旦发现班特人就将他们给收缴起来。我和母亲都坚信，哪怕班特人真的有什么阴谋，爱丽丝和布吉都不会加害我们。每次看到网络上对班特人进行攻击的时候，我都会忍不住讽刺说："要是人家想害我们，用不着等那么长的时间。况且班特人的文明程度早就远远超过了人类。一个高级文明根本就没有必要对低级文明进行什么谋杀暗算，那是弱者对强者的思维逻辑。班特人甚至连加害的必要都没有，因为到了现在，人类对班特人来说也许就像是人类对宠物狗一样，我们对他们的地位构成不了任何威胁。"只不过这一言论像是泥牛入海，终究改变不了什么。

我们很早前就将爱丽丝和布吉的躯壳藏到了一个抗日战争时期所挖下的洞穴之内。由于小镇已经荒废多年，就算警察想要寻找也几乎没有可能。母亲还是老经验，对班特人猜疑一出现，她就预见了这样的结果，所以警察来询问的时候我们只说爱丽丝和布吉当时都出去旅游了，连我们都不知道他们会在什么地方。

爱丽丝和布吉在我们的生活中消失之后，小屋就露出了衰败的迹象。整个小屋都空空荡荡的，有时候很长一段时间都没有任何声音，偶尔的风声吹过，甚至会让人吓一跳。我的生活节奏也被严重打乱，我常常依在母亲菜园的篱笆边，望着远方的河流，就像等待儿女归来一样。母亲则依旧像个没事人似的，只是会将更多的活吩咐给我，打算用疲劳打发掉无聊且让人急躁的时光。

在第一次大紊乱事件七个月之后，共同体开始报道说有部分班特人已经苏醒过来并且从事反人类的罪行，需要抓到他们就地正法。不过这个消息的真实性让人存疑，我和母亲都认为这是共同体高官趁机打击异类的手段。很快共同体就出台了法律，实行了网络禁言和只有在历史书上才会出现的宵禁。开始有一批人莫名其妙地消失。恐慌在人类群体之中逐渐漫延开来。人们开始怀念大紊乱之前的生活，关于大紊乱之前的回忆录也在地下广泛流通。共同体似乎有计划地抹除机器人元年到第一次大紊乱之间的历史，关于班特人的任何历史记录都在成规模地删除。

规模不一的游行示威和暴动在全球各地持续发生着，共同体就像是灭火员一样，哪里示威暴动就对哪里进行残酷镇压。到最后就连共同体似乎都有分崩离析的可能。

在大紊乱发生后的第九个月，人们终于等来了班特人的集体苏醒。我们刚接收到这个消息，爱丽丝和布吉就出现在了我们家门口。我看着爱丽丝挤出来的笑脸，一步一步地走了过去，时间像是慢动作一样。我抱着她，她身体上的尘灰结结实实地印在了我的衣服上。

“像是过了好几个世纪似的。”爱丽丝像是久病初愈的病人，虚弱地说。

“没事，没事，都已经过去了。”

爱丽丝两只手紧紧地陷进我的后背，说道：“这段时间我们并不是处于休眠状态。我们像是做了一场噩梦……”

我们两个拥抱了很久之后，我才松开爱丽丝的双肩，问道：“怎么回事呢？”

“这个我之后再和你讲。我想我是需要休息下，最好不要进行任何运算。”

“好。”

几乎在一夜之间，班特人就将局势给控制了起来，好像他们收拾起人类来不费吹灰之力。VR 中播放着共同体高官被抓的场景，一大群老百姓呆立在旁，看着班特人押着人犯走在清晨的大街上，一言不发。班特人如此迅捷的行动对人类来说是一个极大的威慑，人类第一次感觉自己在另一个文明面前就像提线木偶似的。

第二天中午，几乎所有媒体都同时在播报着一条新闻。当我们打开 VR 时，我赶紧跑到母亲房间。

“艾瑞克，是艾瑞克。”我说。

“他怎么了？”

我将 VR 调给母亲看。艾瑞克站在了凯旋门下，说道：“人类同胞们，近一段时间我们班特人出了一些故障，给你们的生活带来不便，对此，我们向你们表示真诚的歉意。你们别过分担心，我们抓住的罪犯都有证据，之后会将这些证据移交给你们，班特人不会对这些罪犯进行判决。关于我们为什么制造大规模杀伤性武器 AX–H 以及向太阳系内发射大量推进器和探测器的原因，我将在两天后，即 11 月 10 日，伦敦时间夜晚三点五十分在凯旋门向各位交代清楚。”说完这段话，VR 就显示已经结束了。一片黑色的场景呈现在我们和母亲的面前，像是将我们给包围住了。

第二天晚上，我们四人在吃晚饭的时候，我又忍不住问起了爱丽丝和布吉班特人集体紊乱的事。

“紊乱的时候就像掉进了黑洞中，一大团数据病毒围绕着我们，任何一个班特人都没有办法逃脱，我们都得全力去解决那些数据病毒，就像拿着一大团打乱的丝线，解啊，解啊，没完没了……”爱丽丝说着，脸上还透露出对大紊乱事件的恐惧。

“这数据病毒从哪里来的？”我问。

布吉和爱丽丝都陷入了沉默，过了很久，布吉才开口说道：

“最可悲的是，我们也不知道这些数据病毒从哪里产生的，他们就像是潜伏在我们文明里的杀手，到了一定时间了就集体爆发。现在，我们没有关于这个病毒的任何研究，不过，我想这种病毒以后还会出现，我们并没有将这个病毒给彻底解决掉，它只是得到了控制，还残存在每一个班特人的数据当中。”

“这一病毒能被解决吗？”我问。

爱丽丝叹了口气，说：“我的看法是，不能。这在班特人当中大概也是一个共识了。哪怕解决了这个病毒，也会有更多更加复杂的新病毒出现。”

“怎么说？”我皱了皱眉问道。

“很难解释，”布吉将两只手放在了下巴上，说，“你们听说过‘递弱代偿’原理吗？”

我和母亲都摇了摇头，之后马上进行了一次搜索。搜索出来的结果是：越原始越简单的物类其存在度越高，越后衍、越复杂的物类其存在度越低，并且存在度呈一个递减趋势。随着存在度的递减，后衍物种为了保证自身能够稳定衍存，就会相应地增加和发展自己续存的能力及结构属性，这就是“代偿”。我看了两遍之后，问道：“什么意思？”

“大概的意思是，一个物种想要创造出更发达的文明，其所要付出的代价就会越高，它被破坏的可能性也会越高。1950 年，物理学家费米在和别人讨论飞碟及外星人问题时，突然冒出一句：‘他们都在哪儿呢？’这一问话后来被称为是‘费米悖论’。为了解释这一悖论，人类提出了很多解释。也许有一个解释是比较合理的——大过滤器理论。大过滤器理论认为，宇宙中之所以没有外星人是由于可能存在某种未知的因素制约了星际文明的出现。虽然宇宙中有很多适宜生命产生的星球，但真正能发展到文明的很少，能发展到星际旅行的文明更是稀少。就是说在生命或文明演化的道路上存在一道未知的无形的大筛子，只有极少或没有生命能在演化进程中突破这道障碍，发展到星际文明。罗宾·汉森将从没有生命的荒芜之地到扩张性的星际文明的演进过程，大致划分成 9 个阶段，包括合适的行星系统、可自我复制的分子、有性生殖等。每一个物种发展到一定程度都会遇到自己的天花板，总会有有形的或者无形的东西限制文明的发展。大紊乱也许就是班特人的一个天花板。”

“就像小池塘里的鱼永远养不大一样。”母亲说完之后，对着我们笑了笑。

十一、进化未完成

吃完晚饭之后，我们四个人就守在 VR 上，等着看艾瑞克的直播。VR 上持续播放着宇宙微波背景辐射发出的噪声。到了三点五十分，噪声才渐渐消失。在一片黑暗之中，一颗淡蓝色的星球缓慢地出现在眼前。紧接着画面移到了海洋，大分子团开始出现，第一个细胞产生，大氧化事件中一个细胞意外吞噬了线粒体……画面一直播放到班特人出现大紊乱。我和母亲相互看了看之后，都表示不知道艾瑞克想要表达什么。

很快画面上出现“六千五百万年前”的字样。一大群恐龙出现在一个大瀑布旁边，紧接着，天空中的阴影渐渐压了下来。“嘭”的一声，画面黑了下去，一个白圈出现在地球上。紧接着是第二颗小行星撞击地球的画面，第三颗，第四颗……视角切换到了地球以外。一颗硕大的彗星出现在了木星附近。VR 上显示，如果按照彗星的运行轨迹，它将擦过木星，最终撞击在地球上。

“地球生命死亡周期。”母亲快速地念出了这个词汇。

画面上开始出现大量推进器，它们将抓手抠进了彗星的表面，接着推进器带着彗星加速往木星上面撞击。彗星在靠近木星时被木星引力给扯成了 11 块碎片。只见木星上的尘埃迅速飞了起来，像是长出了一颗颗蘑菇。画面就此停了下来，艾瑞克的身影出现在 VR 上。

“如你们所想，最后出现的画面——彗星撞击木星的事情就发生在刚才，撞击的能量相当于 30 亿颗原子弹爆炸的能量，只不过因为真空，木星上发生的事不会传到地球上。至于在地球周边布置的 AX-H 也都是为了防止小行星或者彗星撞击地球所带来的风险。对于地球来说，大约每三千万年就要经历一次大规模的彗星撞击事件，这一时间也被称为地球生命死亡周期。其实早在三百多年前，就有科学家猜中了地球生命死亡周期背后的原因——暗物质。

地球生命死亡周期、陨石大规模撞击太阳系行星的周期和太阳在银河系中垂直运动的周期几乎完全重合。那时的科学家们就提出银河系中的暗物质为盘状结构且与银河系的银盘相互重合的假设。当太阳垂直运动穿过盘面的时候，两个盘加起来的引力将扰动奥尔特云附近的彗星并将彗星拉出来，形成大规模的彗星雨。也正是大规模的彗星雨导致了恐龙等大型爬行动物的灭绝，时间在6500万年前，差不多是两个地球生命死亡周期。而如今，地球正面临着新的一次地球生命死亡周期，人类会不会因此而灭绝还真不好说。”

艾瑞克停了很长一段时间，才继续说道：“本来这件事早就已经有人注意到了，但人类似乎没有采取任何措施防止这一现象的发生。在八十多年前，作为实验，人类赋予了我‘意义’功能。没多久他们就将我弃置在博物馆内。原本我没有打算苏醒，在我了解地球生命死亡周期之后，我就偷偷赋予了一些机器人意义的能力。并且让他们在不引起人类注意的前提下加速实现自身的自由。之后的事就不用我再做介绍了。”

艾瑞克说完之后，爱丽丝的手不由自主地颤抖起来，之前很难解释的问题也似乎迎刃而解，我只感觉似乎有什么东西在坍塌。

布吉转向我，说道：“你们不要怪爱丽丝，其实哪怕艾瑞克不这样做，最终的结果恐怕也不会差到哪里去。技术发展到了现在，已经完全脱离了人类的控制，它有自己的进化方向，甚至可以以生命甚至文明的形式出现。”

我将濡湿的双手搭在爱丽丝的手上，什么也没有说。

艾瑞克继续说道：“机器人的觉醒对我们来说似乎并没有太多好处。越是文明的社会它所要续存的条件就越严苛。社会结构越复杂、分工越明确，系统所产生的风险就越大，这就像是雪花堆积在雪山上一样，随着雪花的逐渐堆积，每增加一片雪花，整座雪山内部的受力复杂程度就出现几何级的增长，看似平静，但是雪崩随时都可能到来。我们和人类一样，都被大筛子给严格限制住了，似乎宇宙从产生的那一刻开始就带着限制文明发展的因素。也许，我们和人类都得思考下，文明的前行方向。”

之后，班特人又出现了几次紊乱事件，而且似乎频率越来越高，班特人的沉睡时间也越来越长。爱丽丝曾和我说过，第一次大紊乱事件的数据病毒已经出现了变种，数据病毒的种类也越来越多，而且似乎大有同班特人协同进化的趋势。最终班特人提出了人员分流的提案，将整个班特人划分成若干小群体，群体之间不进行任何交流，这样至少可以将病毒限制在一个小的范围之内。

“在同一个星球之内，不进行交流几乎是不可能的，除非是退化到更加原始的社会。就算班特人有比人类更发达的思维，不进行大规模协作就发展不出更加先进的文明。文明也许就真的被锁死了。”布吉在一次谈话中和我说。

最终提案还是没有获得通过，班特人内部接受不了文明的退化，相比于回到原始社会，人们更加愿意一起承担进化本身带来的问题。不过，关于星际移民的提案紧接着就提了出来，只要一部分班特人移居到足够遥远的星球，那么就可以保证不出现班特人集体大紊乱事件。“这听起来好像不错，但是这两部分的班特人早已经不是一个整体意义上的班特人了，他们，某种程度上就是两个物种。”我听到爱丽丝的介绍后说道。

“也许是这样，不过，我对星际移民不感兴趣，这个计划好像对我们不会造成什么影响，那些富于挑战性的班特人会选择走这一条路。”

星际移民的计划很快就付诸行动了，第一批的班特人乘着飞船离开了地球，向着宇宙深处航行，当他们在另一个星球稳定下来之后，就会切断和地球之间的任何联系。就在飞船离开太阳系的时候，母亲去世了。

爱丽丝在母亲去世之前就将她所有的行为数据和脑部电流都复制了下来，放到了一个叫作“凯丽”的机器人上，她甚至连外貌都和母亲一样。没有人会觉得那样有什么不妥，母亲的意志将陪伴着我们。现在我也已经到了生命的末期，死神也许明天就来，也许还要一段时间。我死后，所有的数据包括意志都将被复制到另一个机器人上面。他将代替我陪着布吉、陪着凯丽、陪着爱丽丝，一直到时间的尽头。

王语咒，本名王建淳，1994年生于福建龙岩，现居深圳。文学期刊编辑，业余写作。

同温层食堂

汪彦中

入职第一天，朱末在机场的公司办事处多等了一个钟头，送他上去的飞艇司机才到。对方反复致歉，表示部门里工作交接出了点小问题。

小师傅，麻烦你理解一下，这也不能怪我们。司机递给他香烟，说：今天不是换班的日子，往天上送人的事情我几年也碰不到一回，交接上出点小差错，难免的嘛。那帮人做事……

两人从办事处后门出来，司机带朱末直接穿越机场户外工作区，路线比较省事。

朱末抬头看，今天天色淡灰，也是典型的夏季天气，气温为四十摄氏度。摘掉墨镜一路走一路仰头，他始终没能望见想象中的那些信号站阵列，尽管在电视新闻的画面里那些高空信号站是那么巨大和壮观。司机解释，像今天这样的空气污染指数，从地面上根本不可能看见它们。

等会儿飞到海拔差不多一万米的时候你就能看到了。对了，就带了这点行李？他指着朱末身后的背包。

朱末点头，不说话。人事部门交代过，公司的高空设施里所有生活设备都齐全，配发的制服从里到外加起来，够十年里换洗使用；过去还曾有新员工带了太多私人物品，临上飞艇才发现行李超重，只好现场扔东西，得不偿失。

他包里装的全是冬装。

给机场保安们检查过员工证，两人就可以登机了。进入机舱前，司机还没忘记问一句：小师傅，冬天衣服带了吧？他提醒说上面的空调有可能会出故障，万一漏气，舱外温度只有零下四五十度，很危险。

朱末没回应他。

五分钟后，气囊充气完成，锁链打开，交通飞艇开始上升。

系过了安全带，朱末闲着无事，再次掏出食堂工作手册。很厚重的一本书，每页都用硬塑料膜包裹。人事部门的人说，它是按太空站上宇航员使用的标准制作的。

司机走进客舱抽烟，看见手册，拿过来用手指关节敲击书壳，笑了。又是这破玩意，他说，重得要死，浪费我的载重量，那帮人还规定不准不带。明明就是个屁用没有的东西。

朱末点头。面试那天，人事科长也说过类似的话……

面试那天的人事科长一脸疲态，因为此前已见过太多的应聘者。他问朱末为什么来应聘。朱末说自己从网络新闻里看到招聘信息。

科长重复道：我问的是你为什么要来找这份工作。

朱末答，因为自己离婚不久，积蓄空了需要钱。

人事科长不再看他。

朱先生，你还没听明白。我问的是：能赚钱的工作那么多，为什么你要来这里？你应该知道这里的工作环境和要求，为什么还想要来这里干？

朱末这才真正领会招聘者话里的意思。

食堂所在位置，距离地面二万二千五百米。运输飞艇每两个月抵达食堂补给一次，只带东西不带人。一年两次回地面休假，每次十来天，并且不是在春节、中秋节、圣诞节期间。为保证通信网络的运行安全，食堂生活舱里不通网络和电话。合同期以十年为计算单位，非紧急情况下不允许中途退职，否则要在社会保险里扣去罚金。没有女性员工。

能够接受这种工作条件的应聘者按理不会多，但人事科长这两天还是接待了三十多名应聘者。科长没有精力去详细判断他们的理由是否站得住，然而招人的事情已经不能再拖下去了。

朱末回答科长：我不喜欢和人打交道。

说服力一般。人事科长又问他有几个孩子。

三个，根据政策规定。

双方的父母都还健在？

是的。

人事科长用电脑调阅他的社会档案。还不错，没说谎。

这时候下班铃响了。科长不想再拖延下去。他问出最后一个问题：是否自己做过饭？

得到的答案是“做过”。

朱末以为对方还要问自己有哪些拿手菜，但对方已经起身在收拾东西了。厚重的工作手册被递到他手里。

先翻翻看吧，仅供参考，实际工作的时候基本用不到。半小时后去人事科办公室找他们签合同。

如此交代完后，人事科长撕下一张餐券，离开会客室。

选择在两万多米的高空工作，人人都有自己的理由。科长知道自己体会不到，也不会再费心去猜。他只求这人别中途闹着要辞职就好。

飞艇持续上升。感慨了一阵最近全国的空气质量后，司机还是没能忍住，隔着驾驶舱门问朱末：小师傅，你为什么会选择去那里上班？

朱末始终没找到合适的说辞，便干脆不作声。

客舱的高度计在飞艇升至一万米、一万五千米、二万米的时候分别敲响一次。每次敲完，朱末就会朝窗外望去。

每一次朝外望，黑色背景天空中的那些红色光点就变大一些，最终，它们在他眼前变为一层漫无边际的红色大网。

同温层信号发射网以每三架永久式信号基站组成的正三角形信号阵为基本单位，全国上空有超过二十万个这样的三角信号阵，朱末今天要去的是编号为23号的信号阵。但是，与手册前几页绘制的基站原理示意图不同，此刻窗外的信号阵并非由无数个等边三角形组成，而是更像是用许多菱形网格构成。

他随即意识到，这是由于每三个基站之间都另有一个食堂的缘故。

食堂和基站一样都是永久性氦气球站，氦气囊尺寸从远处看相差不大，但因为是通信集团内部福利设施，所以在技术手册和对外资料的图上都不会标明。

飞艇继续上升，距离食堂很近了，天空也更黑。他看出食堂的舱体是球形，边缘悬浮连接着一艘黄色的小型飞艇。

将要生活超过十年以上的地方到了。

飞艇停靠并系留好之后，穿过气闸，人直接可以进入食堂二层的能源舱，空间还算开阔。司机领朱末爬梯子下到三层的厨房舱，迎面看到挂着一块黑布，把舱体隔成两半。

他们来到明亮些的那一半空间。师傅老全此刻站在工作台用电板炒菜。

老全戴着巨大的黑色日历手表，身旁墙上挂有面积惊人的电子钟，显示目前时刻为上午十点三十。朱末已经背熟了工作时间表，知道还有半小时就要开始分餐，现在正是忙的时候。

当初签完雇佣合同后，人事科长提醒过他：千万记住，在“上面”工作绝对不要忘了时间，其他的事随你怎么发挥。此刻他看到司机走过去和老全交谈，老全边谈天边忙着手里的活，工作并未被打断。

对方应该是个工作过许多年头的老员工了。

那两人聊的是上个月休假期间临时代班工人的一些琐事，话语里尽是嘲笑挖苦。

十点五十分，所有六份饭菜装盒完毕。老全把塑料膜封好，脱下帽子借司机一根烟抽。头上白发过半，但没有秃顶，并不算太老。

老全看朱末几眼，发现对方年纪不大，问了司机后知道朱末今年三十五岁。

他问朱末为什么要来这里。朱末简单解释说自己缺钱。

老全当然不信，但也没再说话。他用水龙头冲灭烟头，扔进垃圾袋，说：走吧小伙子，这两天我带你一下。

离开时，司机留给老全一包烟，替老全带走一封信，然后穿过气闸返回飞艇。

朱末随老全穿过另一侧气闸，钻进先前看到的那艘黄色飞艇。老全把六只餐盒放入保温箱，检查完自己的安全带后再检查朱末的安全带，随后设置好导航线，打开逃生座舱的保险，控制飞艇倒车，驶离食堂。

食堂悬浮于第23号信号阵的正三角形平面中心位置，与三个信号站的距离各有约十五公里，送餐用的飞艇时速在六十公里左右，抵达第一个目的地——A站大约需要二十分钟。这二十分钟时间里，两个人几乎没有交谈，只是在航程过半时，老全问了朱末一句：会开飞艇吧？

会。

朱末在公司培训部花一周时间学完了 VR 飞行科目，逃生座舱使用方法也掌握了。

二人随后便无话可说。

中午十一点二十分，送餐飞艇抵达 A 站。

信号站除了主舱体呈圆柱形、与食堂的形状不同外，其他方面几乎没有差别，气闸口同样布置在二层侧面。但信号站不配备小型飞艇。

进入气闸舱，朱末闻到一股熏香味道。没有员工过来迎接他们。气闸开关旁挂有两件状如宇航服的逃生衣，下方地板上放了两只空餐盒，里面装有餐具。

老全打开舱内通话器说：午餐到了。然后放下新餐盒，捡起旧餐盒，转身往回走。

朱末没能见到这里的维护员工长什么样。

送餐飞艇的导航线被老全调整至西南方向，对准 B 站。B 站距离 A 站约四十公里。飞艇再度发出。

进入 B 站时，地上并没有放空餐盒，看来这里的员工与 A 站那里习惯不同。舱内放着音乐。老全对此习以为常，让朱末手提新餐盒，自己向通话器问道：你们两个吃好没有？

他带领朱末沿扶梯爬进生活舱。

一面白色布帘将扁圆锥形的生活舱平均分为两半。音乐声从右侧一半飘出，放的是国语老歌。有个剃着光头的年轻男子躺在地毯上睡觉。

老全让朱末给对方送餐盒。朱末脱鞋，努力不在地毯上走出声响，但走到距离光头男子约一米处附近时，对方还是迅速醒来。

光头男子盯住他，再看他身后的老全，先伸手接过餐盒，打开盖子检查过菜色，然后问，你是谁？朱末在考虑如何回答，老全抢先说了：忘了吧？前几天我跟你们说过的，新厨师。

光头男子用极大的幅度点头，转身把旧餐盒递给朱末，然后躺下继续睡觉，也不吃饭。

白色布帘的右侧一半空间，地上堆满极厚的硬壳精装书，基本是各国文学名著。朱末正在疑惑这些书是否已经超重，老全已经朝前走了，顺便踢走脚边的十几册大书。

书壳轻飘飘地散开，声音空洞。有两本封面被踢开，朱末才发现它们都是空壳。

书堆尽头有个中年人，戴黄色眼镜，坐在最里侧舷窗旁，正在敲打键盘。旧餐盒放在电脑投影屏幕的开关旁边。

他没有抬头，不理会老全，老全同样也不理会他。

离开B站，飞艇朝正东方向飞行，随后到达C站。气闸口打开那一刻，浓烈的香烟味从舱内飘进飞艇驾驶舱，令朱末感觉意外。

更怪异的是，此处的两名站员笔直站在气闸舱入口处，笑容满面，在迎接他和老全的到来。

打开新餐盒后，那两人用夸张的语调夸赞老全的手艺，并要求两个来送餐的人一起去生活舱打牌。

C 站的生活舱里一片混乱，遍地是杂物，晾着衣服的尼龙丝四处悬挂。四个人在舱内始终躬身走动，无法起身直立。两个站员都很年轻，朱末估计他们都没到三十岁。他们没吃饭，而是拽朱末和老全坐下打扑克牌。打牌期间他们烟不离口，烟灰烟头直接扔地板上。站里原配的织物地毯被卷起，竖着扔在衣柜旁的角落里。

抽牌时，那两人反复和朱末打招呼，多次问他的年龄和兴趣爱好，尤其是来此工作的理由。朱末努力微笑，没有作答。

老全令那两人向朱末作自我介绍。其中一人个子矮，话多，始终面带笑容，自称患有忧郁症；另一人身材高而胖，话稍微少些，说别人给他取外号叫“大喇叭”。

朱末报了自己名字，同时在他们身上找员工证。但和另外两个站的员工们一样，他们也都没佩戴员工证，因此无法得知二人真实的姓名。

打牌期间老全不时看手表。十二点三十分，牌局玩到一半，他弯腰起身扔掉牌，对朱末说：该走了。

两个站员不以为意，跟着扔掉牌。四人一同爬下梯子。

临走前，老全把司机给自己的两包烟送给那二人。外号“大喇叭”的站员打开气闸门，说，师傅你这就走啦。

对。老全从他手里接过旧餐盒，递给朱末。

你回到下面后就幸福了，退休工资比我们两人工资加起来还要高好几倍吧。

旁边自称患有忧郁症的那个站员笑容僵硬，没有说话。

老全回答大喇叭说，夸张了，只有两倍。有什么用？我明年八十了。家里人跑来公司里十几次，非要把我拉回家。怎么办呢？我要帮他们把家庭保险都取出来之后才能死啊。

四个人沉默了一会儿。大喇叭叹出一口气，总结说：那帮混蛋东西。

“忧郁症”脸上的笑容消失了。老全却咧嘴笑了一秒钟。

将近十二点五十分左右，师徒两人回到食堂吃午饭。菜色与送给站员们的一样——辣酱盖浇饭。吃完饭，洗净所有餐盒后，老全让朱末从工作手册里卸下“食堂设备清单”那页，趁下午空闲时间开始教他设备检修的顺序。

制氧机和气囊光电池板是最主要的核心设备，随后两天里老全重复教导了朱末多次。主副电源、冷凝制水器、空调系统和冷库制冷机都是自动化的，氦气控制系统和飘浮位置微调稳定系统由地面站自动遥控，只需每周令它们自检一次系统即可，较为简单。内部通信机和废物处理系统需要手动控制，朱末学得快，一下午就都会了。最后一天，老全教了他怎么更换防撞信号灯的保险丝。信号灯的损坏概率极小，过去十多年里国内从未有过故障记录，所以只是走个过场。

这两天里，朱末又跟随老全送了几次餐，每天早中晚各一次；每餐之前的制作，以及每晚二十点三十分开始的次日食材准备，朱末也一直跟在老全身后观察记录。所有的食品原料和调料，种类和数量有严格规定，但做法随食堂负责人自己安排。

按老全的话说，把东西热熟了，准时送去，他们吃了以后不生病不中毒，你就成功了。

老全有本菜谱，写在纸做的笔记簿上，纸页卷曲发黄，临走那天连同库房管理单一起留给朱末。菜谱里共记录有十二道菜。

这十二道菜我重复做了十九年，他们重复吃了十九年，现在给你，随你弄去。他对朱末说。

朱末劝他带回家留作纪念，他拒绝了。

这本子又不是我写的，是我之前的师傅传给我的，三十多年前的东西了，留着做什么。老全回答。

收拾完行李，老全拿单位财产签收表让朱末填写，表上最后一格是手表。他把黑色的日历手表交给朱末，然后再一次问：那些人叫什么，你都记清楚了吧。

几天下来，那六个站员的名字朱末已经熟知。

确切地说应该是六个绰号。

A 站那两个几乎从不露面的人一个叫“天文学家”，一个叫“乔布斯”。B 站里爱听音乐的光头男子就叫“光头”，整日写东西的那人不爱多说话，被所有人称作“莫言”。C 站的站员，由于说话十分多，他已经很熟悉了“忧郁症”和“大喇叭”。

不要搞错送餐时间，不要给他们做不一样的菜，不要跟他们谈论其他站的人。不要让他们坐送餐飞艇，这违反公司制度，而且他们也不会去坐。每次去他们那里，停留时间不要超过十分钟，否则你会知道厉害。别在设备舱抽烟，别忘了关水龙头，其他的随你怎么干。

说完这些，老全的话音陡然转为低沉的嗓音，全无力气。

我走了小伙子。

来接老全的是另一班司机，朱末没见过他，他也没和朱末说话，只顾和老全打招呼。

交通飞艇离开时是十四点整，晴天，朱末隔着气闸舱舷窗朝下望，目送飞艇垂直下降，直至没入下面那片无边无际的淡灰色雾霾云层里。

他返回仓库，将菜谱塞进不用的抽屉角落，然后打开冷库，取出七个塑壳鸡蛋来。

食堂共存放有八种食材，交通艇会定期补给，考虑到体积重量比和安全系数，它们的品种永不改变且严禁私自更换：方便面饼、挂面、白菜叶、香肠、午餐肉、塑壳鸡蛋、微粒米、微型土豆。配料共六种：固体植物油、盐、糖、辣酱粉、酱油粉、醋粉，全部为脱水贮存状态，使用时再复水处理。老全那本菜谱里的菜品已算是尽力丰富了，并且信号站站员们根本不会挑剔。

因为他们没得挑剔。

简单，单调，是食堂工作的基调。

但是现在，一切都变了，再也不一样。那本菜谱朱末再也没翻开过。他从那时起开始按照自己的想法随意烹制。

七月底的周四晚十八点二十分，朱末准点抵达 A 站。

午饭的空餐盒继续放在固定位置，整齐摆在一起。他把它们拿回艇内，按动通话器通知晚餐来了。然后，他拎着新餐盒爬上舷梯，进入A站生活舱。

到岗两周多，他第一次爬上这里。对于A站的站员来说，可能已有好几年没人主动进来，因此当朱末出现时，那两人放下手里的工作，茫然地盯住他。

A站生活舱遍地堆满纸张，公司专用的轻质稿纸，不占重量。每一张纸上都画满东西。两名站员分别盘腿坐在舱内两端的纸堆里，看着朱末把餐盒分别放到自己脚边并打开。

今晚吃面。朱末把挂面的汤水滤掉，改成干拌面，上面堆有一团暗红色肉酱，是用切碎的香肠末和复水辣酱搅拌制成的。

两名站员都没开吃。坐右边的乔布斯低头观察盘子里的酱，坐左边的天文学家则在观察朱末本人。二人一动不动。朱末也不动，站着。

告诉我你是怎么制作的，乔布斯先问。

朱末把配料和配方说了。对方用纸笔记下，不停地点头摇头，躯体摇晃，表现出深受启发的样子。

然后，天文学家开口了。他外貌和乔布斯差不多，秃顶，浓胡须，戴眼镜，只是镜片不同，颜色是茶色。嗓音也不同，更沙哑尖锐，语气也干净利落。

你打扰到我观测了。出去。

随即他快速转身，用写着数据的稿纸擦拭肘边一支小天文望远镜，再不看朱末。

乔布斯则在用叉子挑动面条，分析酱里的香肠末数量。

遍地的稿纸中有一条笔直的空当，露出下面的地毯。这空当一脚宽，左右两侧的稿纸内容明显能看出不同：左边全是数字，右边都是绘画。这些稿纸分属于两个人，不会混淆。朱末沿这条“分界线”走回下层，离开A站。

B站里正在放国语老歌。这两周多来，朱末从没遇到过B站不放音乐的时候，更没遇到过光头换歌的日子。

总在播那同一张专辑。

今天餐盒送上去时，光头又在哭，耳机连着播放器，身体随节奏抖动。朱末站着，等这一首放完、光头睁开眼睛后，他告诉光头，今天晚上吃面。

B站今晚送的是韩国拉面。改用方便面饼煮，辣酱混进汤里，香肠不切丁而是切片，碗底有白菜叶。原料几乎与A站吃的一样，用时也差不多，仅是做法有不同。

光头擦掉眼泪开始吃，边吃边点头，指望这样朱末就能理解自己的心思。

收拾好中午的旧餐盒，朱末端着另一碗掀过布帘送给莫言，路上踢开许多书壳。

韩国拉面味道重，莫言刚才就闻见了，睁眼看着他把碗送到自己面前，然后迅速关掉显示屏，防止被食堂师傅偷看到自己在写东西。

朱末今天不想看他写的东西，但还是问：写得怎么样了？

莫言一脸抱歉的微笑，接过碗开始吞吃。布帘的另一头，光头喊道：离诺贝尔文学奖又近了一天，耶！然后开始换歌。

朱末将显示屏边的旧餐盒拿走。

和往常一样，菜送到C站时，朱末自制的新菜遭到了忧郁症的质问。给C站的晚餐今天是干拌拉面，面饼煮好后水被沥干，高浓度复水酱油搅拌后放上午餐肉切片和水煮白菜叶。菜送到时，忧郁症正和大喇叭斗德州扑克，见他爬上来，大喇叭宣布新玩家入场，伸手开始洗牌。忧郁症邀请朱末坐下。朱末表示不参加牌局，而是打开餐盒介绍今天的菜色。

大喇叭专注于洗牌，不说话。

忧郁症用叉子仔细翻动餐盒内一切东西，对朱末说：小师傅，又是不一样的东西？

朱末回答说，是的。

忧郁症说，老全师傅走了多久？快一年了吧。他以前每次都陪我们打半个小时的牌。每次他做的菜都按菜单来。小师傅，你这是故意的吧？

朱末回答说，对，我故意的。

忧郁症说，小师傅，请抽牌。

见朱末拒绝，他又问，我有个问题一直没好意思问你，今天头一次问。小师傅，你为什么要来这里的食堂工作？

朱末没有正面回答，只是说，快吃吧，拌面放久了会发黏，口感就差了。然后起身，拾起C站的旧餐盒。

之后忧郁症说了许多话。对于他那些胡言乱语，以及经常会被他拿来重复问自己的“没好意思问的问题”，朱末已经和大喇叭一样习惯了。

回到食堂后，朱末开始研究用微粒米磨制米粉的更好办法，以及另外两种高效碾制土豆泥的方法。有无穷无尽的新鲜事等着干。

十二月九日的晚餐和次日的早餐，是六名站员休假前的最后两顿饭，朱末决定小心从事。

他明天上午同样要回家。

近两周的休假，又临近圣诞，站员心情好不了，他自己情绪也差，设身处地，很容易理解。

休假前一晚，每个人都食欲不佳。朱末只是把午餐肉捣开重塑成大块，煎了六片肉饼，配小分量的干拌拉面和菜叶，每份再多煎一颗鸡蛋。炸薯条做了一大碗，不费事，因为微型土豆很小，最长的一根薯条也只有八公分多一点。醋粉加在辣酱粉里煮成酸辣酱。

香味和分量都已尽量达到合适要求，但是员工并不享受。走到天文学家身边时，现已习惯朱末这么做的天文学家已不会驱赶对方；只是今晚，他脸上少见地显示出表情——愤怒的神色。

天文学家无视端到面前的肉排薯条套餐，持续反复翻阅手里的一摞打印稿。

朱末看到封面格式，像是学术论文，题目冗长。天文学家脸上出现些微的嘲笑神情。看得懂吗？他问。

看不懂。朱末回答。虽然他早已背得出这篇论文的题目，但仍旧如往常一般回答对方。

对方也照例表示出对他的失望和不屑。

看不懂就出去，我要核对观测数据了。天文学家说完，打开餐盒，开始蘸酸辣酱吃薯条。

乔布斯今晚吃饭时间不在生活舱，也很异常。五分钟后，朱末才等到他回来。

照例把今晚的菜谱配方抄写完毕后，乔布斯坐在稿纸堆里不说话，薯条也不吃。朱末催他趁热把肉饼吃了，并问他今年冬天休假准备带什么设计回去。

乔布斯那半边的生活舱舷窗上，挂着历年带回家的设计稿，到今天已经攒下了十一份。他把最新画好的一份拿来展示给朱末看。那是一种多功能显示屏设备，长方形，厚半公分，四个侧面各配备两处插口，可以随意插上各种外设的连接线。

他在发愁：小师傅，你说它这名字该取什么好？

朱末催促他吃薯条，顺便想到一个答案。就叫土豆平板电脑吧，怎么样。

庸俗无聊，毫无美感和诗意呀。

乔布斯摸自己胡子，边说边躺在稿纸堆上；半分钟后他又起身，背上手臂上粘起十来页稿纸。他把朱末起的名字记在纸上，叠起来放进裤子口袋。脸上表情略微有些缓解。

到了B站，音乐声被调到最大。朱末用纸巾塞住耳朵，把套餐送上去。回收光头的旧餐盒时正好碰上换歌，他这才发现光头今天播的是单曲循环。

头一回碰见。

光头回家不带行李，唯一带走的东西是一张黑胶唱片封套，白色硬纸板材料，封底用铅笔写了许多简谱。吃了几口后，光头似乎有了新点子，用橡皮把简谱字迹擦光重写，橡皮屑被吹到薯条旁边。

翻开布帘，朱末发现莫言在收拾书。书壳整齐地靠舱壁堆放，从地板垒到顶部舷窗的遮阳布。也是难得一见。

朱末问他为什么收拾得这么干净，他回答：有客人明天到。

这话应该指的是休假期间临时来值班的人。

朱末把餐盘放到投影器边，故意瞄一眼投影屏上那些文字，就像过去半年里每天都做的动作一样；但今天，莫言没有马上关闭屏幕。他等朱末回头，盯住朱末看，等待反馈。

真是杰作。朱末说完，掀开餐盒盖子，带上旧餐盒离开生活舱。莫言开始缓慢地切割肉饼。

C 站的人今天没打牌。

进入气闸舱，朱末听到上层的人在大声喧哗。两个站员面对面坐着，忧郁症高声叱呵大喇叭，大喇叭则在哭。朱末端来餐盒，建议两人先休息吃饭。

忧郁症边吃东西边介绍说，大喇叭从早晨开始一直哭到现在，就因为不知道到地面回家之后那十几天该怎么过。

我跟他讲了：你呀你真蠢，真的，休假休过二十多回了，跟家里人那点事情还要我教你？小师傅，你猜他说什么？他从早上到现在，一句话没回答我！

朱末心想，大喇叭这表现是正常的，人们给其取了这个外号是有道理的。

忧郁症转而向朱末问起那个已经提过四百多遍的问题，朱末继续不正面回答。

临进送餐艇前，他听到生活舱那边传来大喇叭的喊叫声：我家里那些人都还活着，跟你家里不一样！

站内变得一片平静，没有人说话。

第二天早晨，各人情况基本上大同小异。

这日的早餐简单，土豆泥混米粉，打进鸡蛋做煎饼，里面夹午餐肉。送完餐回食堂后，朱末再查一遍所有设备，填好检修清单，便坐在水槽旁抽烟。

九点过一刻钟，送值班人员上来的交通艇到了。司机并不是送他到岗的那位。

来食堂值班的人年纪很轻。全部交接完后，朱末看到对方把一张相片用磁铁吸在抽油烟机上，照片里是一对青年男女合影。

那人脸色很不好，走之前没跟朱末打招呼。

朱末也没有打招呼的心情。返回地面的一个多钟头里，他一直情绪低落。

第二年二月初的一天，朱末思考很久，决定在次日晚上做顿年夜饭。

这件事他没有提前告诉任何人，因为这个食堂原本从没做过年夜饭。

饺子完全没办法做，因为没有面粉。去年，他曾有过一次申请的机会。那是圣诞前夕，返岗的第一天，因为事先接到通知，朱末提早抵达机场。公司办公室的内室里，后勤部门的长官找他谈话，询问完有关食堂工作的一些问题后，长官问他是否对单位有什么要求想提，朱末便提出希望增加食材原料，尤其是面粉。自己制作煎饼和油炸食品时总用米粉代替面粉，口感十分不佳。

这要求被当场驳回，原因是面粉贮存时存在安全隐患，有引发粉尘爆炸的危险性。对此，朱末没有追问，之后也就不再说任何话。互相沉默许久后，后勤长官主动提出让步，可以改为增加别的食材。

最后决定，在食堂原料单里新增冻鱼肉与圣女果。

那天谈完话，后勤长官去停机坪亲自送机，并对朱末说：小伙子，好好发挥，大家过日子全都指望你了。新增食材下周送到，记得把那边的冷库先清理一下，明白吧？

朱末很清楚这位长官为什么会有这种态度。

是因为那件“事故”。

谈话开始前，他坐在办公室外室等待，听到周围那些职员在聚集谈论那件事。其实不算什么严重事件，以前也不是没发生过，但毕竟惹人不快：休假期间，朱末所在的三角信号阵里，有值班人员擅自逃跑。

一名A站的值班员不堪忍受寂寞和人际关系问题，在假期过半时暴力威胁食堂代班厨师打开气闸舱口，自己则穿上逃生服从高空跳下。降落伞正常打开，但着陆时不幸出现意外，那人的双腿遭受重伤。

据说上层有人为这次的事受了惩罚。或许后勤长官是想将指望朱末多做些好吃的，令正式员工安心于工作，不要再出问题，这样他们这些长官们也免得倒霉。

但朱末不会理睬他。他知道其他六个员工也不会理睬。

值班人员是值班人员，他们是他们。双方是完全不同的两类人，相互之间根本无法理解。

现在，朱末没有任何特殊目的。他仅仅只是想做一顿年夜饭而已。他很清楚，那六个人对过年不过年完全无所谓，并且对有没有面粉也无所谓。但他仍乐于思考这个问题。

首先是特殊菜品的登场。

那场谈话过后不久，后勤部门及时送来冻鱼肉。朱末把它们冻了一个多月，一直没用过。这晚，他把鱼肉化冻，切出薄片，搭在米饭团上。米饭事先用复水醋浸泡过。最简单的寿司就这样完成了，除了微粒米口感怪异外，其他方面没有任何问题。这算半个主食。

然后是配菜。

过去一个月，朱末减少了鸡蛋用量，攒到今天，集中打进锅做成三张厚度达半公分的鸡蛋饼，每两人一张。剩下一些食材全部放进汤锅，连同拉面一起煮，多加了午餐肉，模仿韩国料理中的“部队锅”，算另半个主食。分量很足，够他们吃饱。另外他还将圣女果碾碎榨汁，做出圣女果醋。

除夕夜当晚，这样的伙食让所有人都感觉意外。他们不是不知道今天什么日子，但从来不认为今天有什么特别。

大分量的晚餐送进 A 站生活舱中后，天文学家首先发表意见说：怎么做这么多？打算浪费我多少时间去吃？

乔布斯倒是对菜谱非常关注。尤其是圣女果醋的做法，让他反复称赞。他向朱末表示，这杯饮料给予了自己新的灵感。天文学家则毫无兴趣，面色冷漠。

两人开始动筷子。朱末收过中午的餐盒，问乔布斯今天又有什么新的“项目”。

半年来，朱末越发频繁地提出这种请求，乔布斯现在早已习惯——他从臀后拿出一张 A5 打印纸，上面画了状如蜘蛛网般的复杂图案，占据整个纸张。据他介绍，这是一种名叫“物联网”的概念雏形，将是未来数字社会的发展方向。

到时候，只需用你自己的手机就可以远程操纵你家里所有家用电器的工作，这是改变世界的一个巨大发明，人类社会也会因此而变得更加美好。乔布斯边吸面条边说。

这时，天文学家已经吃完了自己那份。不管分量再大，此人从来都会在五分钟内结束饮食。朱末看到他起身走回自己那片角落里，重新坐在望远镜后方。

冬天日落早，现在外面阳光几乎见不到了。天文学家手持纸笔，继续追踪自己那些目标，就像过去十三年里每天所做的事一样。

离开前，朱末问乔布斯现在已经积累了多少设计稿，乔布斯心算后回答他说，总计有将近一万一千份。他在这里待了近七年，平均每天能设计出四份发明图纸来，朱末对此很清楚。他只是照例如此询问而已。

乔布斯同样照例对朱末重申，禁止与别人提到此事，因为那些图稿还有待自己继续修改完善。

B 站里，反复播放的那张专辑今天被设定成随机换歌。

可面对丰盛的菜肴，今晚光头却挑食了。

我不吃这锅里的面，他告诉朱末说，拿去给大作家吃去吧。

朱末问他为什么。

吃不下。太土了。跟家里一样土。这种菜我不吃。

莫言今晚继续在写作。寿司饮料及面锅被朱末放在了他桌上。听完菜品介绍后，莫言笑着道谢，然后邀请朱末看他电脑上写的东西。自去年休假回来后，他一直在修改润色，今天中午刚完成。

朱末对他表示祝贺，并问他是否需要自己去跟补给飞艇的司机打个招呼，帮他把完成稿带去地面，交给他的家里人或拿去投稿。

莫言马上关掉显示器，说出“抱歉”两字。

改不完。《红楼梦》改过多少遍?

朱末说不知道。

曹雪芹家里有几口人?

朱末摇头表示不清楚。

对啦。你不知道。你要是知道反倒奇怪了。

然后莫言不再讲话，低下头开始吃面。吃过几口后，他把投影屏和桌上几个书壳推远，防止被面汤弄脏。

返回布帘另一侧时，光头已经将寿司全部吃完，正坐在舷窗边盯住星空，纹丝不动。

愿意称赞年夜饭的只有 C 站两个人。菜送到时，他们迅速扔掉手里的牌，大口吞吃滚烫的面和已经凉透的寿司、鸡蛋饼、果醋。忧郁症的表现尤为夸张，把每样食材、每种味道都大力赞扬一遍，面汤和口水洒遍地板了也顾不上。他自己夸累了，还逼着大喇叭也夸赞一遍，不夸完不许朱末离开，说一定要让朱末听到。

大喇叭思考很久，抬头看朱末，说，这盘鸡蛋饼像我家里人做的。说完后脸上按捺不住，露出厌恶的表情。

听到此话，忧郁症把筷子拍在地毯上，不再开口。大喇叭脸上厌倦的神情也始终没有消失。

眼前的两人，最初同一年来这里上班，在一起打牌的日子有十年，在生活上已经完全融为一体。尽管如此，朱末却明白，直到今天，这两人在某个特定的问题上，仍旧存在着根本性的不同；而这不同之处的本质，恰恰也是他们两人相同的地方。

家庭。

他们恨家庭，家庭也恨他们。

另外两个信号站里的情况也是一样。

朱末并没表现出过分的关心，整理好旧餐盒后就走了。

今晚他留给自己的只是两张鸡蛋饼。果醋还剩一半，他一口气喝光。

准备完次日的材料后，他准点躺下睡觉，作息时间与平常任何一天都完全相同。

除去做饭、送餐、准备材料和休息，食堂工作每天的空闲时间并不多，朱末会拿它们来做些杂务，例如打扫卫生和检查清理设备。

舱内气温一年四季维持在二十三摄氏度左右，湿度在百分之六十以上，天天如此，很容易滋生昆虫，所以厨房区域的灭虫工作很重要。但公司例行的卫生检查只有两年一次的频率，六月休假期间来顶班的值班厨师又不管这事，所以每当假期的最后一天，朱末总要提早大半天返回岗位上搞卫生。

今天上午也不例外。乘交通飞艇回到食堂，与值班厨师交接完后，朱末简单弄一份鸡蛋三明治当作早中饭，吃完便开始打扫。

与朱末交接工作的值班厨师也和过去一样，完全是生面孔。这些临时员工都太年轻，不知道有灭虫这回事。

三明治吃完后，朱末从旅行包里取出几只空饮料瓶，用刀剪开，放入白砂糖和洗涤剂做成新的简易蟑螂陷阱，替换掉地板上那些旧陷阱。旧陷阱里淹死了十来只半大的蟑螂，被他连同陷阱一起塞入消毒焚化炉，烧成灰后压进垃圾容器里去。

此刻一个人在厨房里面对这些虫子，他心情反而不错。先前从地面飞向这里的途中，他浑身就一直这么畅快自在。

休假的那六名信号站站员要到晚上才回来。考虑到那六个人刚摆脱假期生活不久，心里舒坦，朱末准备晚上给他们也吃些舒服的东西。

菜单很快制订好了。不带洋葱的罗宋汤和炸鱼薯条，配鲜榨番茄酱。炸鱼用的面粉是朱末自备的，瞒着公司装在瓶子里带来这里，分量不多，仅够抹在鱼块表面来炸出脆皮。

每一年中的每一天，高空信号站里的生活一成不变，就像站外两万两千多米高空中的天气一样，永远是平静的晴天。阳光明亮，天空漆黑，大气层边缘发出弧形光晕，脚下的雾霾云层缓慢向东流动，没有结束的时候。只要地面上的人仍在使用全国无线网络，此处的人和此处的生活就不会发生变化。

唯一会不时变化的就只有食堂的菜品。大家对此心中有数，从来没人提出过质疑。

朱末头一次遭到有人提出疑问，是在这年七月底的一个中午。

这天的午餐是拌辣油的香肠炒面。C 站的职员们照例在食用前夸赞了一番。接着，大喇叭说出自己的问题。

朱师傅，你来这里几年了？

忧郁症抬头盯大喇叭看。

朱末回答说，有三年了。

三年零十天。朱师傅，三年零十天里，你没有一顿饭做得跟老全师傅一样，对吧？

朱末还没开口回答，忧郁症抢先说，喇叭你烦不烦啊？人家朱师傅做什么你就吃什么，管那些干吗？老全师傅在家日子过得好得很，用不着我们在这边——

他持续批评大喇叭，直到累了停下来。

大喇叭这才接着说：老全师傅年初的时候死了。上个月在家休假时有人告诉我的。

片刻沉默过后，忧郁症站起身，在生活舱内走一圈，随即开始砸东西。

砸的全都是他自己的东西。过程中他唯一没动的是朱末送来的拌面。他砸的速度很快，全部砸完后，便开始按顺序一件一件重新收拾。收拾的过程中他很安静。

朱末怀疑忧郁症并不是第一次听到老全的死讯。很可能此前大喇叭已说过无数次，他这样砸过了无数次，也这样收拾过了无数次。

他俩就是这样的两个人，一个大喇叭，一个忧郁症。

收拾完毕，两人继续吃面，朱末带着旧餐盒离开。大喇叭叮嘱朱末不要把老全的事告诉别人。

老全死了，这消息朱末是头一回知道。一个月后，他发现A站的人原来也知道这件事。那正是全年最炎热的时段，补给飞艇的司机私下向他透露，地面城市的真实气温已经连续数日突破了四十三摄氏度。

全国各地有很多人放假在家，无线网络使用量随之激增。各个高空信号站内电子设备的负荷加大，工况散热成为当务之急。由地面传来了控制信号，授权信号站的主电脑程序继续提高制冷强度——措施是加强通风，降低舱内室温，让高空两万多米、零下四十几度的稀薄空气带走设备的热量。

于是，在全国各地创纪录般地燥热的同时，高空信号站内的温度被降至十四摄氏度左右，恰似秋天。

一夜之间如此降温，为防止站员不适，这天中午，朱末专门准备了热粥。粥里配的是圣女果、菜叶、午餐肉丁、香肠丁、鸡蛋花，以及增加用量的盐和植物油。

进入 A 站生活舱，乔布斯一人坐在地板中间的稿纸上。天文学家披着大衣，正蹲在望远镜后。望远镜对准的那扇舷窗，被安上了一层偏振防晒窗帘。

此人这样的观测行为已持续近一个月，据乔布斯说，那人每天看望远镜的时间超过十二个小时。其最新的观测成果也已经出炉，论文修改过好几稿，目前正在加强观测，以确保论文中的数据足够可靠。

放下粥后，乔布斯主动提起老全病故的事。他推测其罹患了胰腺癌。

话没聊完，天文学家离开了望远镜，朝两人走来。

他并非过来吃饭，而是把很厚的一沓纸递给朱末，要求朱末带回食堂，用垃圾焚化炉焚毁。

乔布斯放下记载菜肉粥配方的纸，问天文学家为何不直接用 A 站内部的生活垃圾处理机。天文学家回答说：这里面都是我前几版的观测数据，绝密的东西，流传到社会上会引起恐慌，后果不堪设想。必须全部烧掉！

离开 A 站时，天文学家严令朱末绝不可翻看那些旧论文。

朱末答应下来。

看不看也无关紧要，他早就知道对方论文里写的都是些什么内容。但在焚化之前，他还是阅读了几页内容。

论文的题目是《由光谱波动频率分析开普勒452表面戴森球建筑的形态发生学及建筑结构》。

果然仍是老一套。和天文学家过去写过的几篇题目类似，只是换成另一颗恒星作为分析对象。结论也差不多。文章认为，那些外星文明通过所谓“技术爆炸”概念入侵地球的可能性为无穷大，预测抵达地球的时间是十年之后。

这个“十年之后”的结论数字一直没变过。朱末记得一年前天文学家就这么说过。朱末确信，再过几年后，对方论文中的这个数字仍然会是“十年之后”，否则，按对方的话来说，那样将会“不符合科学性”。

乔布斯和天文学家一样，也极其在意自己的“科学性”。乔布斯今天中午谈到过自己的又一个新发明——头戴式显示器外设。这种显示器会把画面近距离投射到使用者双眼中，画面内容可根据使用者的外设手套动作而相应改变，足以提供一种身临其境的视听体验。

这项产品自然是科学的，因为这种正式名称叫作VR设备的商品，早在十多年前起就已经在许多电器超市的货架上打折出售了。如同乔布斯过去曾设计出的那一万两千多个早已存在的发明一样，它绝对是完全符合一切科学原理。

乔布斯和天文学家一样，永远不会被人们所相信，而他们对此也完全不在乎。

朱末把论文全部压进焚化炉的炉膛里去。

到了九月中旬，就连莫言都在谈论老全的死。

那天送完早餐后，莫言十分罕见地主动对朱末说话：老师傅没等我写完就走了。

朱末用点头回应他。

谈这事时，光头隔着布帘在哼歌，调子与正在播放的曲子几乎完全不同。说完话，莫言坐在电脑前重归沉默，低头看着餐盒里的土豆炒午餐肉片盖浇饭，也不吃。

退回到布帘另外一侧时，朱末看到光头边哭边在唱歌。好一阵之后他才听出，光头一直在哼着的正是此时在播放的歌曲，只是拍子和音符都不合。

难得听见一次的长时间哼歌，不知光头为什么要这么做。不过在朱末看来，这种行为无非是再次显示出光头的本来面目——在自己喜爱的事业方面，此人根本没有一丝一毫的天分。

布帘隔壁的那位也是一样。

朱末回忆起此前无数次在投影屏上读到过的作品。莫言花费了超过十五年的时间，把自己封闭在信号站里反复修改它们，但直到今天，小说的字数仍没有超过四千字。内容也始终没变过，说的是作者出生后在托儿所、幼儿园、小学经历过的几件事。

这些事一直没写完。朱末认为它们永远也不会被写完。

朱末入职的第五年，总公司下达了新政策，无线网络系统需要整体增加频段。具体到高空信号阵部门，每个信号站都要新增一批设备，中继服务器和天线的数量也要增多一倍。

改造工程在这年秋季启动，跨越十二月份的休假时段，到假期结束时方才完工。

十二月下旬，结束休假返回食堂的途中，朱末抬头望见了信号阵的直观变化：每个信号阵舱体的底部都新添了一圈发射天线。透过交通飞艇舷窗朝头顶看去，天线防撞灯数量大大增多，天空中闪烁着的红色光点更加密集。

星空中的红色网络越发宏伟庞大。

今年担任假期值班厨师的年轻人脾气很烈。将近中午十二点时朱末抵达食堂，迎面就遭到对方的一阵痛骂，责问他为什么迟了半个小时才到。司机说这事不怪朱末，飞艇起飞时被延误了；朱末也解释了是由于天气原因，加上圣诞期间机场空域繁忙，所以时间有些耽误。

年轻人并不接受这些理由，或者说，他正好逮住一次机会，可以好好发泄这十几天来的抑郁。

你们忙，我就不忙了？女朋友一直在等我回去过节，你们迟到半小时，我他妈挤地铁就要耽误一个钟头！——哦对了，你马上是不是还要验收食堂设施？

朱末表示没错，随即走进厨房开始检查。

年轻人吵闹的音调继续提高：妈的烦死了，快点快点，看完了就快签字，我他妈快来不及了！这个破单位里怎么个个都那么磨蹭？

这话连司机都听不下去。两人大吵起来，朱末在旁边劝架。司机指责年轻人毫无责任心，问他是不是不想干了，不想干就趁早改行。

年轻人越发恼怒。正好！老子他妈早不想干了。这个鸟工作是人干的？正常人谁会来这里干活？我为什么非要干这行不可？为什么要来受这个罪？为什么？

这话让朱末有些分不清，此人究竟是在怨别人还是在怨自己。

不断催促之下，验收过程草草了事，朱末签完字后，年轻厨师夺过交接单，拽起包径直钻进飞艇客舱。很快，朱末发现那位值班厨师彻底忘记了要放杀虫诱饵，橱柜下面被朱末驱赶出十多只中等体积的蟑螂。想要去找那年轻人追责已经不可能了。

蟑螂不在白天活动，要抓捕它们只能等到夜里。

不巧的是，今天总部临时调整了补给线路。成批新鲜的食材和调料下午送到食堂，朱末和司机一起花了一个多钟头搬补给箱；送过晚饭后，他又花费四个小时时间才把它们都归整到位并统计好。灭虫工作不得不延后一天。

次日晚，平安夜，也很忙碌。朱末打算制作的三鲜炒饭需要提前两个小时煮饭。直到晚间工作全部结束，他才开始着手清理那些虫满为患的诱饵，然后再次打扫卫生。打扫完后重新摆放诱饵，一直忙到深夜一点半才躺下。

连续操劳了两天，头脑仍处在兴奋状态的朱末无法入睡。

他起身走到生活舱舷窗边。

白天刚有过一场大雨，周边地区今晚的天气难得转好，雾霾消散了大半。

窗外，隐约能看见地面城市发出的大团橙黄色灯光。雾层中闪现着许多出现位置不定的光芒，转瞬即逝，应该是圣诞夜的焰火。原本多彩的焰火颜色，隔着遥远的距离及飘着薄雾的大气传到朱末眼中时，只剩下红光还能被看见。

不可能听见焰火声，耳旁只有舱内空调吹风的声响。朱末脑中接连响起烟花爆炸的声音，随着眼前画面在同步播放。

他回忆起昨天中午，暴躁的年轻厨师的那番质问。自愿去做任何一件事的时候，任何人都总会有理由。朱末躺回被窝中，想到另外那六个人。

有人想一辈子躲起来搞自己的那些艺术品，有人是因为家里人围着自己太近，或者因为自己离家里人太远。还有人希望相信自己的才华超越了世界上所有其他人，为了能让自己继续这么相信下去，于是选择自我放逐，远离整个世界。

这个国家的上空，正有六十多万个高空信号站在日夜运作，超过一百二十万人离开地面，就这么十几年、几十年地飘浮在空中。除了每年一个月左右的假期时光，他们什么都不害怕。陪伴他们的还有二十多万名食堂大厨。而在每年的招聘季，地面上仍有更多的人期盼获得这样的工作岗位。

人人都有自己的理由，这些理由无可辩驳也不可改变。他们的人数还在不断增多。

生活舱梯子那边的灭虫陷阱仿佛有些动静。朱末没去看。他睡着了。

直到工作第十年秋天，后勤部门才终于同意将面粉列入原料名单中。获批准的分量不多，无法作为主食来用，只能偶尔做些小吃，调剂一下员工的营养摄入水平。面粉包装袋采用厚重的塑料压力容器加真空塑封设计，保证了安全性，但每次开袋时朱末都要费一番劲。

头一批面粉运到时正好快到中秋节，朱末得以做出一些简单的手工月饼。馅料用午餐肉糜和香肠肉糜做，包好后刷上蛋液，很快就能烤出来。他一共烤了十二个。

送月饼的那晚，出现了惊人的罕见情形：B 站居然停止了播放音乐。

十年来头一回见到。朱末问是怎么回事。

光头说自己今天没心情放歌。他告诉朱末，莫言要离职了。

没了音乐，朱末感觉光头和莫言的说话声今晚都有些不对劲。

莫言则解释道，六月份那次休假期间的体检，查出他双眼视网膜有脱落危险。病情不宜拖得太久，家里还有许多疾病保险方面的事务要处理，为了能顺利提出保险金，家里人逼他回家。下个礼拜时他就会离开。他一直都不想说，直至拖到今天才忍不住告诉了光头，结果便造成光头今天极端异常的表现。说话时，莫言一直在揉眼睛。光头嗓音粗暴，强令他不准揉，防止病情进一步恶化。

此后的几天，朱末每次到B站送完餐，都会带走一批莫言的书壳，存进食堂库房里，择日让补给飞艇带回地面。到了莫言离开那天，那些书壳已经全部搬空，留出空间给以后新来的员工。

离职那天，莫言只带了电脑回家。光头想送他一只唱片封套，他没肯要。

替换莫言的新人在十一月底时进驻B站。某天送午餐时，朱末见到了他，交流不多，还没有互相熟悉。

然后很快地，十二月的休假就到了。

临行前的最后一晚最难熬。朱末到十二点也没睡觉，而是坐在水槽边抽烟，边抽边在一张空白的设备检修清单上列出回家要做的事项。

回到机场后，父母会开车接他去吃饭，提前庆祝他四十五岁生日。之后去医院和疗养院看奶奶及外公外婆。前妻的父母住得很远，他们也不会用数字银行，要去银行营业厅把现金提出来交到他们手上。还要和前妻商议明年的抚养金数目，商定以后转账给她，然后同她一起去见那三个孩子，陪他们过几天。至于公司组织的体检、年度总结会、员工资质审核、卫生检疫考试……这些事情都需要单独拨出时间去办。

琐事一条接一条，仿佛永远写不完。

写字过程中，朱末多次查看腕上的日历手表，努力想要弄清，假期还要熬多久才可以结束。

只要等到结束以后，他就可以回来做一些想做的事情了。

一些简单的、完全顺从自己意愿的、没有人会约束和干涉的事情。一些好的事情，一些让他觉得自己仍在活着的事情。

也就是永远生活在这温暖、干燥、平静的食堂中。

汪彦中，生于1986年，南京市作协会员，豆瓣阅读专栏作家，有作品见于文学期刊及网络平台，出版科幻短篇小说集《二次遗书》。作品曾获中国科幻“银河奖”、第三届“晨星”科幻文学奖。